ALAIN DE BOTTON

阿兰·德波顿作品集

[英] 阿兰·德波顿 著

陈信宏 译

# 机场里的小旅行

上海译文出版社

献 给 索 尔

# 文学的意义
## ——新版作品集代总序

阿兰·德波顿

在人类为彼此创造的艺术形式和作品中，有一个门类占据了最大比重，即以某种形式探讨伤痛。郁郁寡欢的爱情，捉襟见肘的生活，与性相关的屈辱，还有歧视、焦虑、较量、遗憾、羞耻、孤立以及饥渴，不一而足；这些伤痛的情绪自古以来就是艺术的主要成分。

然而在公开的谈论中，我们却常常勉为其难地淡化自身的伤情。聊天时往往故作轻快，插科打诨；我们头顶压力强颜欢笑，就怕吓倒自己，给敌人可乘之机，或让弱者更为担惊受怕。

结果就是，我们在悲伤之时，还因为无法表达而愈加悲伤——忧郁本是正常的情绪，却得不到公开的名分。于是，我们在隐忍中自我伤害，或者干脆听任命运的摆布。

既然文化是一部人类伤痛、悲情的历史，那么，所有的问题都能予以修正，把绝望的情绪拉回人之常情，给苦难的回味送去应有的尊严，而对其中的偶然性或细枝末节按下不表。卡夫卡曾提出："我们需要的书（尽管也适用于其他任何艺术形式）必须是

002.

一把利斧，可以劈开心中的冰川。"换言之，找到一种能帮助我们从麻木中解脱的工具，让它担当宣泄的出口，可以让我们放下长久以来对隐忍的执念。

细数历史上最伟大的悲观主义者，他们中的每一人都能抚慰这种被压抑的苦楚。用塞内加的话说："何必为部分生活而哭泣？君不见全部人生都催人泪下。"或者就像帕斯卡的叹喟："人之伟大源于对自身不幸的认知。"而叔本华则留下讽刺的箴言："人类与生俱来的错误观念只有一个，即以为人生在世的目的是为了得到幸福……智者知道，人间其实不值得。"

这种悲观主义缓和了无处不在的愁绪，让我们承认：人生下来就自带瑕疵，无法长久地把握幸福，容易陷入情欲的围困，甩不掉对地位的痴迷，在意外面前不堪一击，并且毫无例外地，会在寸寸折磨中走向死亡。

这也是我们在艺术作品中反复遭遇的一类场景：他人也有跟我们同样的悲伤与烦恼。这些情绪并非无关紧要，也无须避之不及，或被认为不值思量。关键在于我们如何看待。艺术作品带我们走近那些对痛苦怀有深刻同情的人，去触摸他们的精神和声音，而且允许我们穿越其间，完成对自身痛苦的体认，继而与人类的共性建立连接，不再感觉孤立和羞耻。我们的尊严因而得以保留，且能渐次揭开最深层的为人真理。于是，我们不仅不会因为痛苦而堕入万劫不复，还会在它的神奇引领下走向升华。

不妨把自己想象成一组同心圆。所有一眼望穿的事物都在外圈：谋生手段，年龄，教育程度，饮食口味和大致的社会背景。不难发现，太多人对我们的认知停留在这些圈层。而事实上，更内里的圈层才包裹着更隐秘的自身，包括对父母的情感、说不出口的恐惧、脱离现实的梦想、无法达成的抱负、隐秘幽暗的情欲，乃至眼前所有美丽又动人的事物。

虽说我们也渴望分享内里的圈层，却又总是止步于外面的圈层。每当酒终人散，回到家中，总能听见心中最隐秘的部分在细雨中呼喊。传统上，宗教为这种难耐的寂寞提供了理想的解释和出路。宗教人士总说，人的灵魂由神创造，唯有神才能知晓其间最深层的秘密。人也永远不会真正地孤独，因为神总是与我们同在。宗教以其动人的方式关照到一个重要命题，意识到人对被深刻了解和赞赏的愿望何其猛烈，并且大方地指出，这种愿望永远也无法在其他凡人身上得到满足。

而在我们的想象空间里，取代宗教地位的是人和人之间的爱情膜拜，俗称浪漫主义。它朝我们抛来一个漂亮而轻率的想法，认为只要我们足够幸运和坚定，从而遇到那个被称为灵魂伴侣的高维存在，就有可能打败寂寞，因为他们能读懂我们的所有秘密和怪癖，看清我们的全貌，并且依然为这样的我们陶醉沉迷。然而，浪漫主义过后，满地狼藉，因为现实一再将我们吊打，证明他人永远无法看透我们的全部真相。

好在，除了爱情和宗教的诺言之外，尚有另一种可用来关照寂寞的资源，并且还更为靠谱，那就是：文学。

# 目 录

# 一　进场

# 1

准时虽然是我们对旅行的基本要求，我却经常希望自己的班机能够误点——这样才能被迫在机场里多待一点时间。我极少向人透露心里的这种渴望，但我曾经暗暗盼望飞机的起落架漏油，或是比斯开湾[1]出现风暴，米兰的马尔彭萨机场受到浓雾笼罩，或者西班牙马拉加机场的塔台遭到野猫围攻（马拉加机场在航空业界除了因公正指挥地中海西部空域而著称，火爆的劳资关系也是众所皆知）。我还曾希望自己遇上严重误点的情况，而能够因此获得免费餐券，甚至由航空公司招待住宿于一座巨大的如面纸巾盒形状的水泥建筑里，房间的窗户统统打不开，走廊墙上挂着螺旋桨飞机的老照片，床上的枕头则隐隐散发着煤油的气味。

2009年夏天，我接到一家公司的人员来电。该公司拥有多座机场，包括南安普敦、阿伯丁、希思罗以及那不勒斯机场，也负责经营波士顿罗根机场与匹兹堡国际机场的零售服务。此外，这家公司也掌握了欧洲文明赖以维系的许多工业基础设施（但一般人在波兰的比亚韦斯托克使用着浴室，或者开着租赁车辆前往西班牙加的斯的时候，却极少想到这些设施的重要性）：塞斯帕废物处理公司、波兰布迪美建筑集团，以及西班牙高速公路收费公司。

打电话给我的这位人员表示，他的公司近来对文学产生了兴趣，决定邀请一名作家到希思罗机场的第五航站楼进驻 1 周——这座航站楼是该公司最新的旅客集散中心，位于伦敦头号机场的两条跑道之间。这名作家将挂上希思罗机场首位驻站作家的响亮头衔，首先必须走访机场，对整个场地获得粗略的印象，然后再安坐于 D、E 两区之间的出境大厅里一个特别设置的座位上，在旅客与机场工作人员的众目睽睽之下写出一本书。

在我们这个忙碌嘈杂的时代，文学的声望竟然还足以激发一家跨国企业的美学关怀，使其在处理机场停机费用与污水的本业之外，还愿意投注资金从事一项艺术抱负如此崇高的活动，实在令人惊讶又感动。然而，正如这名机场员工在电话里对我说的——他的话带有一种难以捉摸而又诱人的诗意——这个世界仍有许多的方面，大概只有作家能够找出适当的词语加以表达。印刷精美的宣传手册在某些情况下虽然是极度有效的沟通工具，却不一定能够像作家所写的只言片语那么令人信赖。电话彼端的这位朋友说得更是简洁扼要：不同于文学作品，宣传文字在一般人心目中经常被认为只是一堆“狗屎”。

---

1　the Bay of Biscay, 位于法国西部和西班牙北部之间的大西洋海岸。——译者

## 2

尽管商业与艺术向来难以和谐并存，彼此都不免以偏执与鄙视的眼光看待对方，但我如果只因为这家公司经营机场美食街，而且采用的科技可能导致地球平均温度上升，就直接拒绝对方的邀请，却也未免太无礼。这家机场公司无疑有些不欲人知的秘密。毕竟，这样的一家企业总是宁可把古老的村落夷平为水泥地，也善于鼓励我们环绕地球踏上不必要的旅程，并且在旅途中不断向我们推销"约翰尼·沃克"牌苏格兰威士忌[1]与打扮得像白金汉宫卫兵的玩具熊。

不过，我自己也不是完全没有羞于见人的秘密，所以并没有资格批判别人。即便是在战场或市场上积聚的钱财，也同样能够用于追求更高的美学目标。我想到缺乏耐心的古希腊政治家，他们曾经把征战所得的战利品用于建造祭祀雅典娜的庙宁；还有文艺复兴时代残忍无情的贵族，也曾经在欢乐的心情下委托画家绘制向春季致敬的精美壁画。

况且，就世俗的层面来看，作家在过去相当长的一段时间虽可借着向大众贩卖作品而维持生计，但科技的进展似乎即将为这段美好的日子画上句号，迫使作家必须再度依赖个人资助者的慷

---

1 Johnnie Walker，苏格兰威士忌的一个品牌，以创始人名字命名，销量多年来居苏格兰本地第一，居世界威士忌销量第三。——译者

006.

慨的经济援助。思考着受雇于机场可能会是怎样的状况，我于是以强装乐观的悲苦心情想起霍布斯这位 17 世纪的哲学家，他对自己在德文郡伯爵的资助下写作丝毫不以为意，经常在著作里写下对那些伯爵的溢美之词。他们把自家豪宅——德比郡的哈德威克庄园——门厅旁的一间小卧房送给他，他也欣然收下。这位英国最杰出的政治理论家在 1642 年以这段话将《论公民》题献给高傲自大的德文郡伯爵威廉："我谦卑地将本书献给阁下，愿上帝赐给您长寿，并且在天上的耶路撒冷享有恒久的喜乐。"

相对之下，我的资助人科林·马修斯——他是英国机场管理局总干事，希思罗机场即属于这个机构所有——则是个宽宏大度的雇主。他没有对我提出任何要求，没有要求我撰写献辞，也没有要求我祝福他在天堂里享受永生。他手下的人员甚至明言准许我恣意批评机场的各种作为。在这种毫无拘束的条件下，我觉得自己成了一项传统的获益者。在这项传统中，富有的商人出钱雇用艺术家，但对后者任何无法无天的行为表现都已有了彻底的心理准备；他并不期待对方循规蹈矩，他知道自己喜爱的这头狒狒一定会砸毁他的陶器，可还是对这样的结果乐在其中，因为这样的宽容恰恰证明了他的权势。

## 3

无论如何，我的新雇主确实有理由对他的航站楼引以为傲，所以我也能够理解他为何会这么热切于寻求方法赞颂这座航站楼的美。这座呈波浪状起伏的钢结构玻璃建筑是英国最大的建筑物，高 40 米，长 400 米，面积相当于 4 座足球场，却又显得轻盈利落，就像智力高超的天才毫不费力地解决复杂的问题。傍晚时分，从温莎堡即可望见此处不断闪烁的红宝石般的灯光，航站楼的外形成了现代化的具体承诺。

站在昂贵的科技所造就的美妙物品面前，我们也许会倾向于拒斥心中因此涌现的敬仰之情，只怕这样的仰慕会让人变笨。我们担心自己过度着迷于建筑与工程的产物，担心自己会目瞪口呆地望着庞巴迪的无人驾驶列车往返于卫星城镇之间，或是看着通用电气公司生产的 GE90 引擎轻轻地挂在波音 777 客机的复合材料机翼上，推动这架飞机飞往首尔。

然而，完全拒绝对这些事物产生敬仰之心，终究可能也是另一种愚蠢。在这个混乱纷杂的时代，航站楼显然是秩序和逻辑的庇护所，不仅值得敬重，也引人好奇。航站楼是当代文化的想象中心。如果有人要你带火星人参观一个地方，其中简洁扼要地综合了人类文明中的各种主题——从我们对科技的信心，到我们对自然的摧残，以及从人类的紧密联系，到我们赋予旅行的浪漫色彩——那么这个地方必然是机场的出入境大厅。就这样，我找不出其他理由拒绝希思罗机场这份不寻常的邀请，于是决定到这座机场待上一段时间。

# 二 出境大厅

# 1

　　我在一个周日傍晚从伦敦市中心搭乘火车抵达了机场，手上拖着一只小行李箱，接下来一整个星期再也没有其他目的地。我的住宿地点在索菲特连锁饭店的第五航站楼分部，虽然不属于机场所有，距离机场却只有几米远，不但与机场之间有许多人行通道相连，采用的建筑语言也和机场相同，处处可见光亮的表面、高大的盆栽与灰色瓷砖。

　　旅馆内共有605间房，隔着中庭相互对望，但我不久就发现这家旅馆的主要业务不在于接待住宿旅客，而是承办各式会议，分别举行于其中的45间会议厅。这些会议厅各自以世界各处的地名命名，都设有数据节点和区域网络。在8月的这个星期日晚间，阿维斯欧洲公司正在迪拜厅举行会议，英国电梯业协会则在东京厅里。不过，最大的聚会乃是在雅典厅，与会代表正在研商阀门大小的问题，会议主持机构为国际标准组织，是一个致力于消除工业设备分歧的机构。在国际标准组织长达20年来的努力下，只要利比亚政府履行承诺，日后世人游走于北非各国之间，即可从

摩洛哥的阿加迪尔到埃及的艾尔高那都不必更换电器插头。

## 2

　　我的房间位于旅馆顶楼的西侧角落，从窗外望去，可以看见航站楼侧面以及一排红白交杂的灯光，标示了北跑道的尽头。尽管玻璃承包商强化了隔音措施，每分钟却还是可以听到室外传来班机起飞的怒吼声。在这震耳欲聋的声响背后，数百名乘客舒适地坐在机舱里，有些人握着伴侣的手，有些人心情愉快地翻阅着《经济学人》，全都享受着人类精心研发设计而傲然摆脱陆地生物宿命的这份成就。每一次顺利起飞都是千百名人员协同合作的结

果，包括机上免费盥洗包的生产人员，乃至负责安装风切变探测雷达与防撞系统的霍尼韦尔公司工程师。

这座旅馆的房间有如飞机上的商务舱，但究竟是谁仿造谁倒是难以断定。也许是房间刻意模仿机舱，也可能是机舱努力模仿房间，或者只是两者都同样受到当代精神的影响，就像 18 世纪中叶的晚礼服都有着同样的花边，乔治王朝时期风格的连栋房屋正面都有精美的铁饰。在这样的空间里，旅客可以在活动屏幕上选播自己想看的影片，在空调设备的低鸣下沉沉睡去，然后在飞机即将降落于赤腊角香港国际机场的广播声中醒来。

我的雇主要求我这 7 天只能待在机场内，所以将航站楼里各家餐厅的餐券发给了我，但其中两晚可以在旅馆享用晚餐。

不论哪一种语言的文学作品，都很少看得到像客房服务目录这么富有诗意的文字。

秋天的强风
吹拂于岩石间
在浅间火山上

松尾芭蕉虽是日本江户时期集俳句艺术大成的诗人，但他笔下的这几行诗句不论在意象的丰富色彩或是鲜明程度上，都比不上索菲特饭店餐饮服务部门中某位匿名大师所写下的文句：

青翠菜蔬佐日晒蔓越莓

水煮豌豆、戈尔贡佐拉干酪

糖核桃淋金芬黛油醋酱


面对菜单上某些食材来自遥远地区的菜肴，实在很难想象厨房怎么精确预估采购数量：举例而言，电梯业界的宾客有多少人会点用"大西洋笛鲷，以香柠胡椒提鲜，搭配美味芒果片"，或是名称充满神秘又带点忧郁气息的"今日主厨例汤"。不过，食材预备数量的估计也许终究没有什么学问可言。毕竟，一般人在旅馆里过夜，顶多只会点个总会三明治。即便是巅峰时期的松尾芭蕉，对于总会三明治大概也很难写出比这份菜单更令人信服的描述文句：

016.

热烤鸡肉片

烟熏培根、爽脆生菜

搭配香热意大利拖鞋面包，铺放于满盘海盐薯条上

　　我拿起话筒，拨"9"点餐。不过20分钟，门口就传来了一阵敲门声。这是个奇特的时刻，两名成年男子首度会面，其中一人全身上下只穿着一件客房里提供的浴袍，另一人（刚从爱沙尼亚的小镇拉克维雷来到英国，目前在旅馆附近的希灵登一带和另外4人合住一个房间）则穿着黑白搭配的制服，腰间系着围裙，胸前别着名字标牌。谁能说这样的仪式平淡无奇呢？毕竟，其中一人必须一面假装整理着报纸，一面以若无其事又略带不耐的语

气说道："放电视旁边就好，谢谢。"不过，只要多参加几场全球性的会议，想必即可对这种仪式熟能生巧。

我和赵可萝小姐共进晚餐。她先前服务于亚洲新闻台，现在则是在消费者新闻与商业频道[1]新加坡记者站。她向我说明了区域市场的最新概况以及三星公司的当季预测，三句话不离本行。我暗自纳闷着可萝私底下有些什么兴趣。她就像是圣衣会的修女，在朴素的头巾与专注的表情之下也不免偶尔对自己的信仰产生疑虑，却因为她们强烈否认自己内心存在这种疑虑而更引人好奇。在屏幕底部的滚动字条上，我注意到我雇主的股价，目前呈现下跌的走势。

晚餐后，户外仍然暖和，天色也还没完全暗下来。我原本想到草地上走走，那是这座机场在60年前兴建于这片农田之后，少数硕果仅存的空地。不过，我一时之间却觉得自己离不开这栋大楼，也觉得室外似乎充满了危险，于是决定在旅馆的走廊里晃荡晃荡就好。我一再感到晕眩迷茫，仿佛身处在狂风巨浪中的邮轮里，不时得倚靠着木板墙才能稳住身体。我在途中经过了几十个客房服务托盘，都和我自己刚刚用过的托盘一模一样，全都默默摆放在走廊上。一旦把不锈钢盘盖掀开，即可发现这些托盘几乎全都留下了纵欲饮食的证据。抹在面包上的番茄酱与沾了油醋酱

---

1　CNBC，全称为 "Consumer News and Business Channel"，是美国 NBC 环球集团所持有的全球性财经有线电视卫星新闻台，是全球财经媒体中公认的佼佼者。——译者

的炒蛋，都透露了违反日常禁忌的行为，和一般人想象中在旅馆房间里经常出现的不伦性行为同属一类。

　　我在 11 点睡着，但才刚过 3 点就突然醒了过来。大脑中负责聆听及解读树林里每个尖啸声的原始部位仍然认真从事着其所负责的工作，丝毫不放过大楼里不知何处传来的关门声与马桶冲水声。旅馆和航站楼看起来就像是一架处于待机模式的巨大机器，成排的排风扇缓缓转动，隐隐发出一股令人毛骨悚然的低鸣声。我想到旅馆里的水疗设施，其温水池在黑暗中也许仍然冒着气泡。天空在前一晚吞噬了飞往亚洲的最后一班客机之后，即守护着这个平静的夜，在即将破晓的最后这几个小时染上了一抹不自然的橘红色。一架飞机的尾部突出于航站楼旁边，那是英国航空公司

的 A321 班机，即将再次飞上冰冷无比的平流层下端。

### 3

后来，早上 5 点 30 分抵达的一班飞机（一架起飞自香港的英国航空公司的班机）总算终结了我这烦扰不安的一夜。我淋浴之后，在停车场的一部自动售货机买了一根水果条吃，然后走向航站楼旁的观景区。这个晴朗无云的拂晓时刻，一架架飞机就像一颗颗钻石，犹如毕业照里的学生在不同的高度上排好队，准备降落于机场的北跑道。一片片铁灰色的机翼，形状各自不同，精致又细薄得令人难以置信，纷纷伸展于每一架飞机的两侧。起落

架上的轮胎在旧金山或孟买离地之后已经悬空许久，这时犹疑着弓起身子，几乎静止不动，等待着接触布满胎痕的英国柏油地面。一旦落地，这些轮胎将在摩擦之下冒出一团烟雾，借此显示出飞机的速度与重量。

　　这些访客从天上飞来，身上的引擎轰隆作响，仿佛责备着这个恬静的英国早晨竟然到了这个时刻还困倦未醒，就像送货员来到一户尚未起床的人家门前，忍不住愤恨地用力按着门铃不放。在这些飞机周围，M4公路正不情不愿地缓缓苏醒。在雷丁市，一只只热水壶正煮着开水；在斯劳市，一具具熨斗正烫着主人当天要穿的衬衫；在斯泰恩斯，孩子在印有托马斯机车的卡通被底下伸着懒腰。

然而，在那架即将降落的波音 747 客机上，这一天却老早就已经展开了。许多乘客在几个小时前就已苏醒，看着自己搭乘的班机飞越苏格兰最北端的瑟索镇。对于伦敦市郊的居民而言，这个偏远的小镇几乎可算是世界的尽头，但对于在黑暗中飞越加拿大冰原，又在月光下穿越北极的机上旅客而言，瑟索却是他们目的地的门槛。这架班机沿着英国的中线笔直南下，机上乘客也随着飞行的进程按部就班地享用早餐：在爱丁堡上空摸索着一小盒玉米片的开口，在接近纽斯卡尔之际切开包有红椒与蘑菇馅的蛋卷，在约克郡山谷上空舀起模样奇特的水果酸奶。

对于英国航空公司的班机而言，飞向第五航站楼乃是回家，就像 18 世纪的英国船只驶向普利茅斯湾一样。这些飞机在国外的

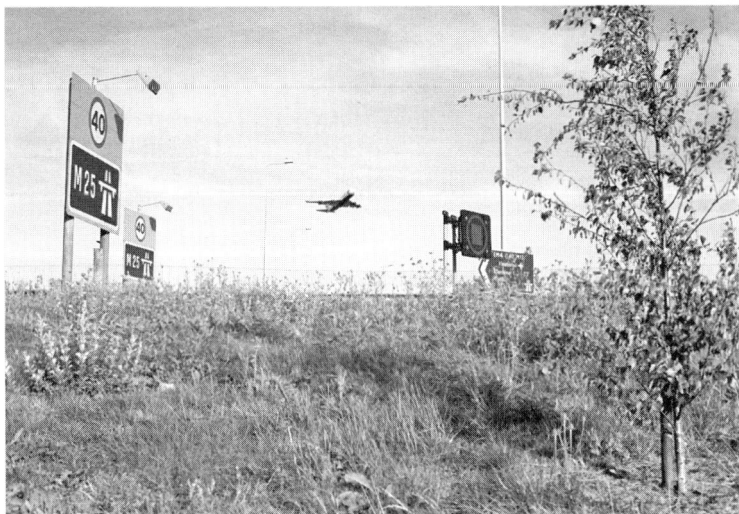

停机坪做客已久，到芝加哥奥黑尔机场与洛杉矶国际机场时，总不免被安排在偏远狭小的停泊位置，在一列列的美国联合航空与达美航空班机之间显得格格不入。不过，它们现在总算数多势众，在卫星航站 B 楼的后方整整齐齐地排列在一起。

　　不久之前还散布于世界各地的波音 747 客机，在这里齐集一堂，翼端接着翼端，约翰内斯堡邻接着德里，悉尼邻接着凤凰城。重复构图的效果赋予了这些飞机一种新的美感：放眼望去，15 架以上的客机排成一列，每一具海豚状的机身上都采用了同一主题的装饰。我们一旦知道每一架飞机的造价高达 2.5 亿美元，更是不免对眼前的景象叹为观止。这些航空器不仅象征了现代科技的高度成就，也体现了这个时代难以想象的丰硕财富。

随着每一架飞机在指定的下机门各就各位之后，一场井然有序的舞蹈随即展开。一道供乘客下机的桥梁缓缓伸出，其橡胶开口迟疑地吻上机身左前方的舱门。一名地勤人员敲了敲窗户，飞机上的一名同事随即开启气压舱，于是两人随口打了个招呼，仿佛他们只是两名办公室员工，刚用完午餐而回到相邻的座位上而已。从他们的表情和话语中，完全想象不到其中一人才刚从地球的另一端飞越了 1.1 万公里的距离来到这里。但话说回来，再过 100 年后，就算我们搭乘太空船历经 9 个月的航程，而在正午的血红色天空下降落于火星基多尼亚地区的太空站，届时前来迎接我们的地勤人员在敲了敲金黄色的太空船窗户之后，大概也还是只会和船上人员这么淡淡地打声招呼。

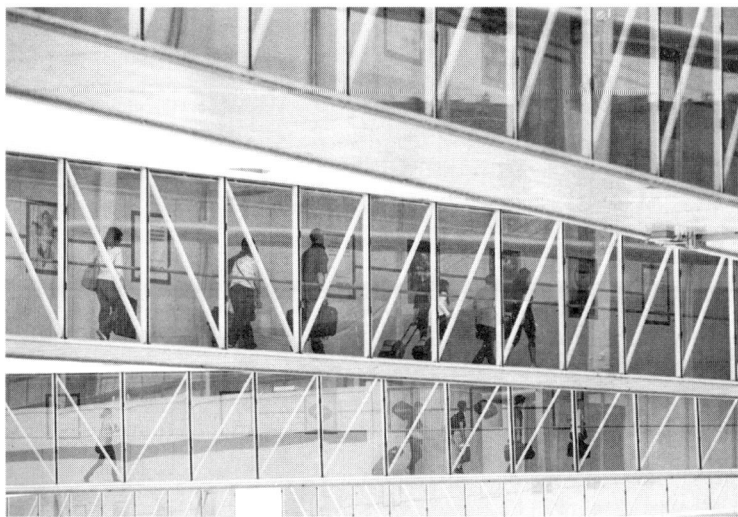

024.

卸货工人打开货舱，卸下一个个板条箱，里面装满了冷冻阿根廷牛腹肉以及前一天还在楠塔基特海峡悠游自得的甲壳动物。短短几个小时后，这架飞机又会再次飞上天空。油管连接在机翼上，为油箱注入 Jet A-1 燃油，足够一路飞到非洲莽原。在搭乘一夜要价相当于一辆小汽车价钱的机舱里，乘客早已离开，清洁人员忙着捡拾富豪与经理人遗留下来的金融类别的周刊、吃了一半的巧克力，以及扭曲变形的泡绵耳机。这虽然只是一个寻常的英国早晨，在刚下飞机的乘客眼中却带有一抹超自然的色彩。

**4**

这时候，在航站楼前方的乘客卜车处，已陆陆续续涌入越来越多的车辆。车费被乘客砍得极低的老旧厢型车挤在气派的豪华轿车旁，只见轿车上的重要人物面带不耐地打开厚重的车门，随即动作迅速地走进供主管人员使用的通道。

有些在此展开的旅程只不过决定于短短几天前，因为慕尼黑或米兰办公室的突发状况而临时必须赶赴当地；另外有些人则是经过了 3 年的漫长期待，才总算即将在此时搭机返回克什米尔北部的村庄，带着 6 件装满礼物的深绿色皮箱，准备送给从来不曾见过面的侄儿侄女。

有钱人带的行李通常最少，因为他们的地位与行程让他们得以遵循那句俗语，亦即在这个时代只要有钱，任何东西都可以在

任何地方买得到。不过，他们恐怕从来不曾见识过加纳首都阿克拉的电器行，否则他们即可理解，那个来自加纳的家庭为何会决定把一部大小和重量都相当于一具棺材的二星 PS50 高分辨率的等离子电视，从英国扛回家乡。前一天刚在哈洛镇的彗星卖场买下的这部电视，在阿克拉的季斯曼区早已深受期待。届时一旦运达目的地，这部电视将足以证明其主人的非凡地位——这个 38 岁的男子，在英国埃平市担任派遣司机。

宽阔的出境大厅一如现代世界的所有交通枢纽，能够让人谨慎地观察他人，让人在人群中遗忘自我，任由想象力自由驰骋于眼睛和耳朵所接收到的片断信息上。支撑着机场天花板的粗厚钢条，令人联想起 19 世纪各大火车站的钢筋结构，也让人不禁心生敬仰。这种敬仰之情可见于莫奈的《圣拉扎尔车站》(Gare Saint-Lazare)里，也必然充斥于当初首度踏入这些车站的民众心中。在这些灯光明亮的铁条建筑里望着四面八方的汹涌人潮，人类数量的庞大与面貌的纷杂就此成为眼前具体的景象，不再只是脑中抽象的认知。

机场的屋顶重达1.8万吨，但支撑的钢柱却完全没有显露出它们所承担的压力。建筑物如果对自己所克服的困难毫不吹嘘张扬，就会产生一种我们可以称之为优雅的美感，而这些钢柱就具有这样的美感。这些钢柱以修长的脖子托着400米长的屋顶，仿佛它们只是顶着亚麻布，举重若轻的姿态激励着我们以同样的态度面对人生中的重担。

　　大多数的旅客都涌向大厅中央的自动报到柜台。这些柜台代表了由人力转向机器的划时代改变，对航空公司的重要性不亚于当初洗衣机取代洗衣板对家庭生活造成的影响。不过，似乎没几个旅客能够正确交出电脑所要求的各种卡片及密码，只能面对着屏幕上一再出现的错误信息反复操作，让人不禁怀念起以往的服务人员。就算是最粗鲁无礼的服务员，至少理论上还有可能以谅解和宽容的态度面对旅客。

　　机场最富有魅力的地方，无疑是航站楼里到处可见的屏幕，以明晰的字体呈现着即将起飞的飞机班次。这些屏幕隐含了一种无穷无尽而且能够立即实现的可能性：望着这些屏幕，我们可以想象自己在一时的冲动下走到售票柜台前，然后不到几个小时，

**028.**

即可出发前往某个遥远的国家。在那里，祈祷仪式的呼唤声回荡在白色石灰墙的屋宇上空，我们不懂当地的语言，也没有人知道我们的身份。屏幕上显示的各个目的地没有任何说明描述，却因此更在我们内心激起怀旧与渴望的情绪：特拉维夫、的黎波里、圣彼得堡、迈阿密、经由阿布扎比转机至马斯喀特、阿尔及尔、由拿骚转机至大开曼岛……每个地点都承诺着不同于我们既有人生的生活形态。我们一旦对自己的生活感到羁束滞闷，就不免向往这些遥远的地点。

## 5

报到区有少数部门仍然采用传统的人工服务，所以旅客在这里可以安心地和活生生的人员互动。黛安娜·内维尔负责维系这种互动的品质。她在15年前从学校毕业之后就进入英国航空公司工作，现在手下掌管200名员工，为旅客发放登机牌以及贴行李标签。

黛安娜深知员工的负面情绪对公司的伤害有多大。一名旅客回到家里，可能完全不记得安全抵达目的地的班机，也不记得行李在输送带启动之后几分钟就送达她面前，而只记得自己好言好语地向服务人员请求靠窗的座位，却遭到对方一口回绝，要她乖乖接受自己受到分派的位子——而这一切只是因为报到柜台的人员（也许正好感冒头痛，或是前晚在夜店玩得不开心）对人生充满羞辱与不公平的本质满怀气愤。

　　在工业时代初期，激励员工曾经是相当简单的事情，只需要一项基本工具：皮鞭。只要毫不留情地鞭打工人，即可促使他们奋力采掘岩石、划动船桨。但新式的职业兴起之后，员工必须真心感到满足才能把工作做好，不再只是表面顺服即可——到了21世纪初，这类工作更是成了劳动市场的主流——于是规则也就必须随之改变。员工负责的工作如果是推着轮椅护送年老旅客穿越航站楼，或是在高空为乘客侍候餐点，自然不能够一脸阴沉或是满腹怒气。一旦了解到这一点，员工的心理健康就成了商业界最重要的关注事项。

　　在这种需求下，管理的技艺也就应运而生。管理就是通过利诱而不是威迫的方式，导引员工全心投入自己的工作。英国航空

公司的做法，则是定期举办励志训练研讨会、设立员工健身房与免费餐厅，只盼通过这样的理智算计达成那飘忽不定的目标：服务人员的友善态度。

　　不过，无论这家航空公司的奖励制度设计得多么巧妙，终究还是无法保证员工一定能够在服务顾客的行为当中添加那一抹难以察觉的善意，从而把快速有效的服务提升至贴心的境界。工作能力虽然能够通过训练与教导而灌输给员工，人性的态度却无法借由硬性要求而产生。换句话说，这家航空公司赖以生存的特质，公司本身竟然无法生产也无法控制，而且严格说来也不是员工的分内职责。这些特质的真正来源不是训练课程，也不是员工福利，而可能是 25 年前在柴郡一幢住宅里的慈爱气氛，当时两名父母

以宽容而愉悦的心情把一名未来的航空公司员工拉扯长大，所以今天这名员工才会具备坚定的意志与和善的态度，而能够引导一名焦急的学生前往登机口搭乘飞往费城的 BA048 号班机。认真说来，父母其实是全球资本主义真正的人力资源部门，却从来没有人肯定父母在这方面的功劳。

6

不过，即便是发自内心的友善态度也不一定足够。我注意到一名旅客背着肩包冲向报到柜台赶搭一架东京班机，却被柜台人员礼貌地告知他已来不及登机，只能考虑搭其他班次了。

032.

　　然而，他的波音 747 客机其实还没起飞，在航站楼里至少还会停留 20 分钟，而且望出窗外即可看见机身。这名乘客之所以无法登机，纯粹是出于管理上的考虑：航空公司规定，一旦晚于起飞时间之前 40 分钟，即不得再发放登机牌给乘客，就算这名乘客的新娘和 200 名宾客都在目的地等着他现身，也一样不能破例。

　　飞机明明近在眼前，却偏偏搭不上去。想着自己的座位将在接下来的 48 个小时里空着没人坐，而且又得取消东京的会议，这名乘客于是忍不住双拳在柜台上重重一击，同时发出一声猛烈的怒吼，远在航站楼西端的史密斯书店都可以听得到。

　　我想起罗马哲学家塞内加为了皇帝尼禄而写的《论愤怒》一书，尤其是书中指称愤怒根源于希望的论点。人类之所以愤怒，

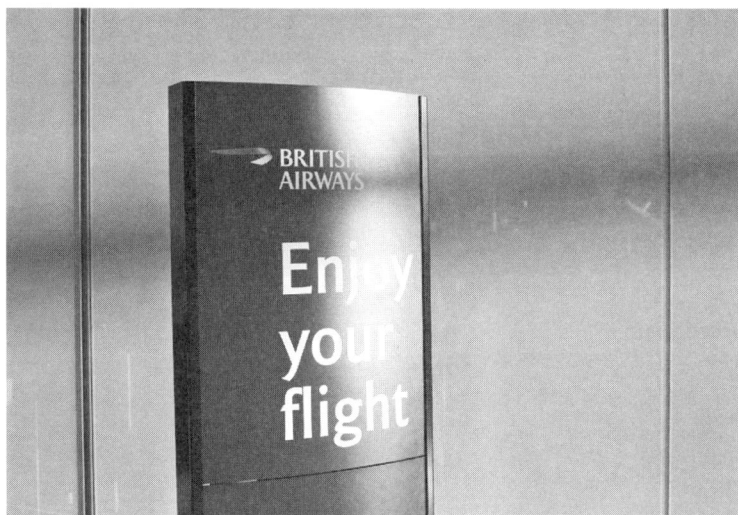

原因是我们过于乐观，所以才会无法接受人生中必然的各种挫折。一个人若是因为找不到钥匙或是在机场遭到拦阻登机而放声怒吼，其实就是表达着一项动人但过于天真的信念，认为这个世界应该不会出现钥匙遗失的现象，而且我们的旅行计划也应该都一定能够实现。

综观塞内加的分析，不禁让人对这家航空公司的广告走向捏一把冷汗。在广告中，这家公司不断以充满自信的态度承诺竭尽全力为顾客服务，讨得顾客的欢心，并且绝不误点。于是，在这个极易遭到灾难影响的产业里，未来必然不免出现更多的怒吼。

## 7

在这名对世间期待过高的乘客身旁不远处，一对情侣正在道别。女方看来约23岁，男方则大她几岁。女方的背包里搁着一本村上春树的《挪威的森林》。他们两人都戴着超大墨镜，当初长大成年的时刻正好介于非典型肺炎与猪流感盛行期间。我的目光之所以被他们吸引，原因是他们热情的拥吻。不过，在远处看似激情的行为，一旦走近却发现是伤心欲绝的表现。女方因为哀伤和不敢置信的心情而浑身颤抖，男方则把她拥在怀里，轻抚着她波浪般的黑发，发际别着一只状似郁金香的发夹。他们一再互相对望，但每次对望就仿佛再次意识到了即将降临在他们身上的生离之痛，而再度哭泣了起来。

034.

　　从他们身旁经过的路人都面露同情。女方的非凡美貌无疑是引起旁人同情的因素之一。连我都不禁想念起她了。她的美貌想必至少自从 12 岁以来就成了她的身份认同当中不可或缺的一部分，而她想必也不免偶尔思及自己的处境对旁人所造成的影响，然后才又再度泪眼涟涟地投入爱人的怀里。

　　身为旁观者，我们也许对她的处境深感同情，但对于她有这么强烈的能够感到哀伤的动机，我们其实更有充分的理由向她致上恭贺之意。我们应当对她感到嫉妒，因为她找到了一个自己如此深爱的人，从而坚信自己一旦离开对方就再也活不下去。光是分隔于登机口的两侧就让她难以忍受，更何况是孤身住在里约热内卢市郊一间简陋的学生宿舍里。日后回顾起来，她也许会发现

这一刻其实是她人生的高峰。

他们的道别仪式似乎永无止尽。这对情侣缓缓走到安全检查区旁,随即又情绪崩溃,而再度绕行于航站楼当中。他们一度走进入境大厅,似乎打算走出机场,加入门外排队的队伍,就此搭上出租车离去,但实际上他们只是到玛莎百货买了一包芒果干,有如天真的乡下小童般互相喂着对方吃。接着,他们又在通济隆[1]汇兑柜台旁难分难舍,这时女方突然低头瞥了一眼手上的表,然后随即以奥德修斯拒却海上女妖的高度自制力,从她爱人面前转

---

1 Travelex,通济隆集团,是世界最大的外汇零售专业机构,拥有700多个零售店和16 000多家企业客户。——译者

036.

身跑下走廊，冲进了安全检查区。

　　我的摄影师和我分头行动。我跟着女方走进候机厅，看着她强作镇定地走到免税商店街，在库尔特·盖格（Kurt Geiger）鞋店门市的橱窗前才又再次崩溃落泪。后来，我在墨镜屋附近的一群法国交换学生当中跟丢了她。至于理查德，则是跟着男方到了火车站，看着他搭上开往伦敦市中心的快车，找个位子坐了下来，面无表情地望着窗外，没有流露出任何情绪，只有左腿不寻常地颤动着。

8

　　对许多乘客而言，这座航站楼是到欧洲各地从事短程商务旅行的起点。他们也许在几个星期之前就已告知同事自己会到罗马出差几天，对于自己即将造访欧洲文化的源头刻意装出一副意兴阑珊的模样——尽管他们的目的地其实是罗马外围位于菲乌米奇诺机场附近的一座商业园区。

他们飞越终年积雪的马特洪恩山之际，将不免想起自己的同事。就在机舱里开始供应早餐的时候，他们的同事正陆续抵达办公室——梅根带着自己精心准备的午餐，杰夫的手机有各种铃声，西米总是皱着眉头——而这些差旅人士本身则是目睹着窗外的地质胜景，也就是欧亚板块与非洲板块在中生代晚期碰撞之后释放出的巨大能量所造成的副产品。

对于这些差旅人士而言，如果能够忙得完全没时间欣赏罗马

**038.**

的历史或艺术，该是多么令人如释重负的事情。然而，他们无意间还是会注意到罗马的许多特色：路旁让人不禁想要多看一眼的果汁广告看板、意大利男人脚上异常精致的鞋，还有接待人员一口别扭不堪的英语。他们在诺富特饭店也许会想到不少有趣的新奇想法，在深夜里也许会看些限制级的影片，回国之后则会对那句老生常谈深感认同，也就是：要真正了解其他国家，最好的方法就是到那里工作。

## 9

机场内整整 70% 的出境旅客都是观光客。在这个季节，一眼即可看出哪些人是观光客，因为他们几乎清一色穿着短裤，戴着遮阳帽。38 岁的戴维是航运业经纪人，他的太太露易丝 35 岁，本来是电视制作人，现在则是全职母亲。他们住在伦敦市郊的巴恩斯一带，育有两个子女，儿子本 3 岁，女儿米莉 5 岁。我在报到柜台前的队伍尾端遇见他们，他们正准备搭乘一班 4 小时的飞机前往雅典。他们的住宿地点是卡塔菲吉湾度假区的一座别墅，距离希腊首都约 50 分钟车程，届时他们将向欧洛普卡租车公司[1]租用 C 类车辆。

---

1　Europcar，欧洲大型连锁的汽车租赁公司，成立于 1949 年，总部位于法国巴黎。——译者

戴维在 1 月预订了这趟旅程之后，脑子里就不断想着这段假期。他每天都上网查看气象报告，也把迪米特拉度假别墅的网站链接加入了"我的最爱"资料夹里，不时看看网站里的照片，包括以石灰岩砌成的主卧房浴室，还有别墅在傍晚时分的模样，灯光照映着后方的地中海山丘斜坡。他已不知想象了多少次自己和孩子在边缘种着棕榈树的花园里玩耍，以及和露易丝坐在露台上享用烤鱼配橄榄的情景。

不过，戴维对于自己在伯罗奔尼撒半岛上的假期虽然已经反复规划想象了许久，一旦到了第五航站楼，却还是发生了许多意料之外的事情。他没想到报到柜台前的队伍会排这么长，也没想到一架空中巴士 A320 客机竟可塞入这么多人。他没有考虑到 4

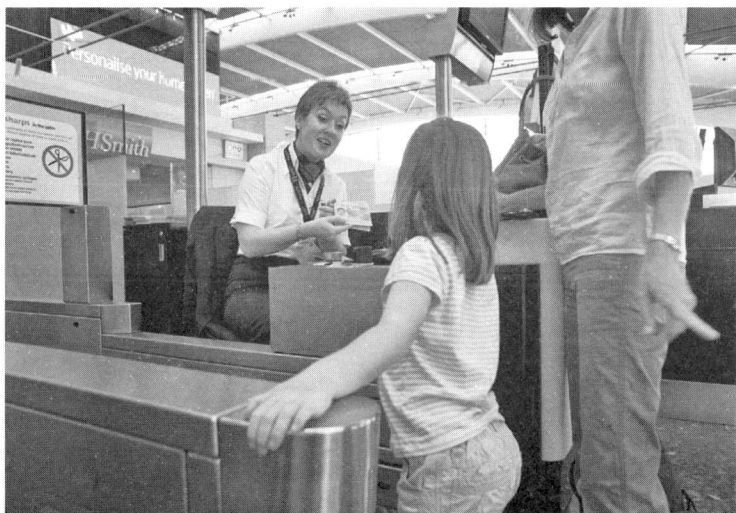

小时在感觉上可以有多么久，也没想到全家的每个成员不太可能
在同一个时间都一致获得身心的满足。他忘了每次本只要表现出
自己对妈妈的喜爱远胜于爸爸，他内心就不禁深感受伤，并且因
为怨愤于自己遭到排挤而对儿子摆出严厉的态度。不过，他这样
的表现总是不免引起太太的不悦，她说本之所以和爸爸疏远，乃
是戴维升职之后忙于工作的结果。戴维的工作一直是他们夫妻之
间的争执点，在前一晚也才刚导致他们吵了一架，戴维责怪露易
丝对他缺乏感恩和谅解，毕竟他常常不在家也是为了让家人享有
舒适的生活。

　　他们搭乘的班机如果在起飞之后不久发生失火意外，朝着斯
泰恩斯水库坠落而下，戴维一定会紧紧抱住家人，真诚地说出自

己有多么爱他们。不过，他现在却完全无法对他们正眼瞧上一眼。

看来，我们大多数人可能都只有在生命遭到威胁的时候，才能认知到自己人生中重要的事物。否则，我们的视野就不免遭到日常生活中挫折与怨愤的蒙蔽。

戴维把行李箱搬上输送带的时候，脑中突然闪现了一项令他意外又困惑的体悟：问题就出在他自己也是这趟度假行程的一员。不论迪米特拉度假别墅有多么舒适迷人，都会因为他的在场而大打折扣。他当初规划这次的假期，期待的就是和孩子与太太好好相处，享受地中海的风光、希腊菠菜派以及雅典的天空。问题是，他对这一切的感受都必然受到自身心境的影响，避免不了为他内心的恐惧、焦虑以及反复无常的渴望所沾染。

042.

当然，这样的困扰不可能有任何正式渠道可供求助或申诉。英国航空公司的柜台确实配置了极为友善的员工，而且也标示着这么一句话："我们乐于为您提供帮助。"不过，服务人员并不针对人生议题提供建议，只会告诉你前往邻近的卫星航站楼需要多久的时间，以及最近的洗手间在哪里。

然而，航空公司声称自己对顾客的精神需求一无所知也毫无责任，其实未免不尽诚实。拥有 55 架波音 747 和 37 架空中巴士 A320 客机的英国航空公司，和航空业界的其他竞争对手一样，存在的目的就是要鼓励及帮助顾客到度假区的躺椅上坐下来，然后面对这项重大挑战（通常不免以失败收场）：让自己在接下来的几天保持心情愉快。现在弥漫于戴维一家人之间的紧张气氛，就提

醒了我们人类的情绪是多么僵化而严厉，但我们却又经常忽略这一点，只要看到外国一栋美丽房屋的照片，就认定这样的优美环境必可为人带来幸福与快乐。我们若想从艺术或物质上获得快乐，首先似乎必须满足情感与心理上的需求，包括获取他人的理解、同情与尊重。我们如果突然发现自己与亲人或情人之间的关系充满了误解与怨愤，就没有办法享受身旁的棕榈树与蔚蓝的游泳池。

我们致力于推动各种规模庞大的客观计划，为了兴建航空站与跑道，以及生产大型客机，不惜付出数不清的财务与环境成本；却又摆脱不了主观的心理纠结，以致种种物品的使用效果都不免打折扣。只要家人之间发生口角，科技文明所赋予我们的一切优势就随即消失无踪。在人类历史的初期，我们努力生火，把倾倒

044.

的树木凿成原始的独木舟，当时谁想得到我们即便在能够把人送上月球、驾飞机飞往澳洲之后，还是不懂得怎么容忍自己，原谅自己心爱的人，并且为自己的脾气道歉？

## 10

我的雇主实现了为我准备一张写作桌的诺言。结果，这张桌子虽然看起来一点都不适合写作，却反倒因此激发了写作的可能性，从而成为我理想的工作地点。客观上具备良好工作条件的环境实际上通常不理想。安静又配备齐全的书房，正因毫无瑕疵，所以极易把我们内心对失败的恐惧放大到让人无法承受的程度。灵感就像胆小的动物。有时候我们必须转移自己的注意力——也许转头望向繁忙的街道或者航站楼——灵感才会从地洞里蹿出来。

这张桌子所在的环境确实丝毫不乏令人分心的事物。每隔几分钟，机场内的扩音器就会响起（通常由玛格丽特或她的同事朱丽叶负责广播，发话地点在楼下的一间小房间里），呼叫刚从法兰克福抵达希思罗机场的巴克太太前来领取她所遗忘的一件手提行李，或是提醒巴什尔先生赶紧登上飞往内罗毕的班机。

大部分的旅客都以为我是航空公司的员工，所以经常过来问我海关柜台或取款机在哪里。不过，只要有人留意到我的名牌，就随即把我当成倾诉的对象。

一个男子向我说，他正要和太太前往巴厘岛度假。他以挖苦的语气称之为一生难得的假期，因为他太太罹患了无药可治的脑瘤，只剩不到几个月的寿命。她在一旁休息，坐在一部装有呼吸机的特制轮椅上。她现年49岁，原本身体很健康，直到去年4月的一个星期一早晨，才在出门上班之前表示自己觉得头部微微疼痛。另一名男子表示自己正要到伦敦探望太太和孩子，但他在洛杉矶还有另一个家庭，他们完全不晓得第一个家庭的存在。他总共有5个子女，两个岳母，但从他脸上完全看不出这种生活的压力与操劳。

　　每天，我都会听到许多不同的故事，所以也就觉得自己仿佛在机场待了很长的时间。我遇见安娜·达尔梅达与西多尼奥·席尔瓦虽然只是短短几天前的事情，感觉上却似乎已经过了好几个

礼拜。安娜正要前往休斯敦，因为她在那里修习商业学位；西多尼奥即将前往阿伯丁完成他的机械工程博士学业。我们聊了1个小时，我听着他们以充满理想又略带忧郁的语气谈论他们国家的现况。两天后，希思罗机场早已遗忘了他们，但我却仍然为了他们的离去而惆怅不已。

　　航站楼里还有其他比较长久的友谊。我最常接触的对象是安娜-玛丽，她负责清扫我的桌子所在处的报到区。她说她很乐于让我写进书里，也不止一次到我桌边和我谈及我将她写入书中的可能性。不过，我后来向她保证我一定会把她写进书中，她却反倒露出了烦恼的神情，并且坚持我一定不能写出她的真名和外貌特征。她说，她在家乡特兰西瓦尼亚的亲友如果知道她在英国从事这样的工作，一定会深感失望，因为她当初在音乐学校的表现非常杰出，大家都以为她早已在国外成了知名的声乐家。

有些人看到机场出现一名作家，就以为有什么充满戏剧性的事件即将发生，像是平常只有在小说里才看得到的情节。我一旦表明自己只是静静观察着机场的正常运作，并不期待任何异乎寻常的事情发生，常常不免引起失望的反应。不过，在航站楼里摆上一张作家的写作桌，其实就等于是公开邀请航站楼的使用人员对自己周遭的环境多投注一些想象力和注意力，并且好好重视机场在我们内心所引起的感受，因为我们总是焦急匆忙地找着登机口，而未能对这样的感受细细品味或深入思索。

我的笔记本写满了各种充满失落、渴望与期待的故事，留下

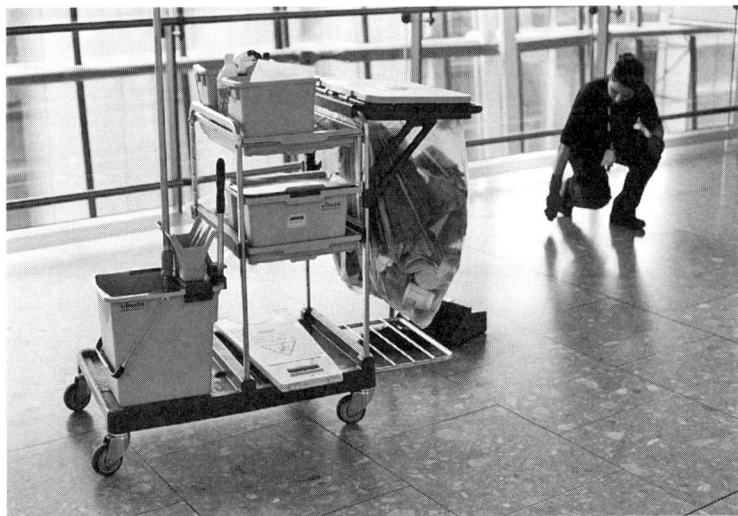

048.

一个个旅人在飞上天空之前的剪影。不过，我还是不免担忧，一旦和喧嚣杂乱、生气蓬勃的航站楼相比较，我的书将会显得多么平淡乏味。

# 11

　　每当我觉得文思塞滞，我就会去找达德利·马斯特斯聊聊天。他的工作地点在我楼下，在机场为人擦鞋已有 30 年之久。他每天早上 8：30 开工，一整天下来约可擦拭 60 双鞋子，然后在晚上 9 点关门打烊。

　　我非常钦佩达德利面对每一双鞋的乐观态度。不论这些鞋子的状况有多么糟，他总是毫不气馁，用他手边的刷子、鞋蜡、鞋膏、清洁剂等工具修补鞋身上的一道道伤口。他知道一般人不是因为心怀恶意而刻意让自己的鞋子整整 8 个月都不曾接受万用晶莹擦鞋膏的擦拭。他就像个和善的牙医，每次拉下座椅上的卤素灯，要求病患张开嘴巴的时候（"我们来看看有什么问题吧？"），总是明白日常生活可以繁杂得让人多么焦头烂额，所以一般人一旦忙着挽救自己的公司或是照料病危的父母，确实很容易就会忘记用牙线清理自己的牙齿。

　　顾客虽然是付钱请他擦鞋，但他深知自己真正的任务其实在于心理方面。他知道一般人很少会因为一时兴起而寻求擦鞋服务：一般人会想要擦鞋，通常是因为想和过去划清界限，或是希望外

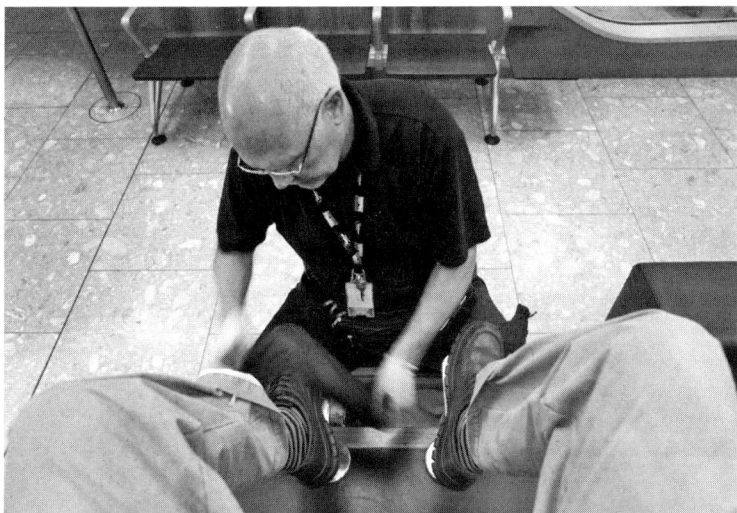

在的改变能够激发内心的变化。每天，他都会以毫无恶意也毫无挑衅意味的语气对我说，他如果哪天决定把自己的经验写下来，绝对会是有史以来书写机场的著作中最引人入胜的一本。

## 12

经过达德利的擦鞋站，在一条通往安全检查区的走廊上，有一间信仰室。这是个乳白色的空间，里面摆着许多互不搭配的家具，书柜上放满了各种宗教的神圣典籍。

我看着一个来自南印度的家庭在搭乘下午 1 点飞往钦奈的 BA035 号班机之前，先到这个房间里祭拜象头神，也就是印度教

里掌管旅人运势的神祇。他们为象头神献上了几个小蛋糕和一支玫瑰香味的蜡烛，但碍于机场规定而不能为蜡烛点火。

过去，飞机失事常常是因为重大零件发生问题——例如燃油泵故障或是引擎爆炸——所以当时把宗教推到一旁，而把信心寄托于科学上，看起来自然是颇为明智的选择。与其祈求上天保佑，当时的迫切要务是了解故障原因，通过理性思考排除错误。不过，随着航空受到越来越多的检验，随着各种备用系统把风险降至最低，迷信的需求反倒因此提升。

由于灾难发生的可能性极低，我们于是不再需要科学上的保证，宁可对我们孱弱的心智努力保有的危机感采取较为谦卑的态度。我们虽然不至于对维修时间表置之不理，却也不认为在踏上

旅途之前先祈求命运力量的保佑有任何不合理可言。这种命运力量可能称为伊希斯 [1]、上帝、命运女神，或是象头神。一旦完成了这样的仪式，我们才会安心通过安检之后，到机场免税店选购香烟以及夏奈儿 5 号香水。

1 Isis，埃及神话中司生育与繁殖的女神。——译者

# 三　机场限制区

# 1

　　一如往常，安全检查区前方排着冗长的队伍，至少有 100 人等着接受安检，他们或者心情愉快，或者无可奈何地接受着自己人生中将有 20 分钟无事可做的事实。

　　最左侧的安检站由吉姆监看扫描屏幕，妮娜负责手工检查提

包，巴兰钱德拉操作金属探测器。他们3人都学习了长达1年的
繁重课程，目的在于训练他们把每个人都视为打算炸掉飞机的嫌
犯——这是一种与人性相违背的做法，因为一般人初遇陌生人，
总是习惯于以善意的眼光看待对方。经过训练课程之后，这3人
已克服了心中对敌人外观样貌的偏见：即便是个一手牵着母亲、
一手拿着一罐苹果汁的6岁女孩，或是个正要前往苏黎世参加丧
礼的老弱祖母，都可能是威胁航行安全的大敌。所有旅客都是嫌
犯，在证明无罪之前皆充满嫌疑，所以必须以明确的态度要求他
们远离自己的行李，并且挺直身体靠墙而站。

　　安检人员像惊悚小说家一样，职责就是把人生想象得比实际
上刺激一点。我不禁对他们感到同情。他们在一生的职业中必须

随时保持警觉，随时准备应对极不可能发生的状况，全世界可能
10 年才会发生一次，而且就算发生了，地点通常也是在拉纳卡或
巴库这种偏远地区。他们就像是福音教派的成员，却住在从来不
曾发生过《圣经》所叙述过的故事的国家——例如比利时或新西
兰——但仍然坚持自己的信仰，随时预期弥赛亚会降临在他们的家
乡，而且深信这样的可能性即便在周三下午 3 点的列日市郊也有可
能发生。机场安检人员想必相当羡慕一般警员。警员虽然经常得在
假日或夜晚值班，步行巡逻也非常累人，但他们至少可以和一般
民众正常互动，不像机场安检人员必须把所有人都当成歹徒看待。

　　此外，机场安检人员不准对自己搜查的对象产生太多好奇，
也让我深感同情。他们虽然有权翻看任何一名旅客的化妆包、日

记或照相簿，却只能检查其中是否有爆炸物或杀人武器。因此，他们不准询问行李中那件包装精美的内衣打算送给什么人，也绝不能承认自己有多么想伸手搜查旅客身上那件低腰牛仔裤的后方口袋，而且不是为了确认其中是否藏有一把半自动手枪。

机场安检人员为了保持警戒而承受的压力极大，因此他们享有比其他员工更频繁的休息时间。他们每个小时都会前往休息室，里面设置有饮水机与破旧的扶手椅，并且墙上挂着全球通缉名单中名列前茅的恐怖分子的照片，每个都蓄着满脸胡须，眼神莫测高深，显然都藏匿在山洞里，根本无意冒险闯入第五航站楼。

我在这个房间里注意到了两名女子，看起来像是前来机场实习的学生。我向她们微微一笑，希望借此让她们在新环境中能够

获得一些温暖，结果她们随即过来和我打招呼，并且表明自己是航站楼里级别最高的两名安检官员。拉歇尔与西蒙负责训练第五航站楼的所有安检人员，她们经常教导每个安检站的组员如何卸除恐怖分子的武器，以及一旦遇到有人丢掷手榴弹，应该采取什么样的姿势保护自己。她们也教导个别员工使用半自动武器的基本技巧。她们的反恐职责似乎深深影响了她们人生中的所有方面：即便在空闲时间，她们也还是大量阅读各种与反恐议题有关的文章或书籍。拉歇尔对于 1976 年的乌干达恩德培突袭行动[1]了如指掌，西蒙则是对欣达维案件知之甚详。所谓的欣达维事件，是指一个名叫里沙·欣达维的约旦男子把一只装有塑料炸药的手提袋交给他的怀孕女友，并且说服她带着这只手提袋登上飞往特拉维夫的以色列航空班机。尽管这项阴谋并未得逞，但西蒙说这起事件彻底改变了世界各地的安检人员对孕妇、儿童以及老祖母的看法（无意间责备了我认为某些类型的旅客应该不必接受搜查的天真想法）。

许多旅客对于遭到审讯或搜查之所以感到焦虑或愤怒，原因是这种检查行为不免带有一种潜在的指控意味，所以也就极易唤

---

1　1976 年 6 月 27 日，法国航空公司的一架民航客机被恐怖分子劫持，降落于乌干达的恩德培机场。劫持者扣留了乘客中的 100 名犹太人作为人质，要求释放被以色列和西方国家扣押的 50 名巴勒斯坦人。7 月 3 日，以色列飞机运载 100 余名突击队员经 4 000 公里长途低空飞行后在恩德培机场着陆，经激战，以军将人质救出，劫持者均在战斗中被打死，不少乌干达士兵也在混战中丧生。这一事件在国际社会引起震动。——译者

起我们内心潜藏的罪恶感。

　　在扫描仪前方排队等待，可能会让许多人不禁开始怀疑自己会不会偷偷在皮箱里藏了一件爆炸物，或是无意间接受过长达数月的恐怖行动训练。在《羡慕与感恩》（1963）一书里，精神分析学家梅兰妮·克莱恩把这种潜藏的罪恶感追溯到人类一种天生的本性，源自我们的俄狄浦斯情结，亦即渴望谋害与我们同性的父母。这种罪恶感在我们成年之后可能会变得非常强烈，而促使人对有关当局提出假自白，甚至受不了这种深切的罪恶感，而干脆实际做出犯罪行为，借此疏解内心的压力。

　　不过，安然通过安检关卡倒是有一项好处。至少对于那些内心忍不住觉得自己有罪的人（例如笔者）来说，一旦顺利通过金

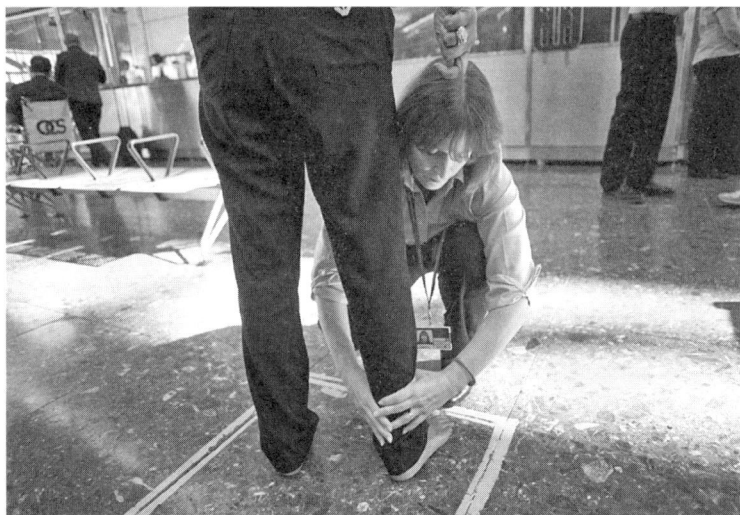

属探测器,即可安心前往航站楼的其他地方,就像是在赎罪日到教堂告解过后,可以暂时觉得自己受到了赦免,而得以摆脱内心的若干罪愆。

## 2

通过安检之后,就是购物的时刻了。在安检关卡的另一侧,100 多家的零售门市竞相争取旅客的注意——这里的商店数远多于一般的购物中心。批评者经常引用这项数据,指称第五航站楼根本是卖场而不是机场。不过,这样的安排实在很难说有什么不对。大概没有人能够指出这座建筑的航空特性因此遭到了什么侵

害，或是旅客有哪些乐趣因此遭到剥夺。毕竟，我们平常不也喜欢上购物中心逛逛？何况第五航站楼不但让人享有逛购物中心的机会，还可让人踏进登机口飞往约翰内斯堡。

　　主要购物区的入口处设有一个汇兑柜台。我们虽然都知道自己生活在一个庞大而多元的世界里，但我们对这项事实大概只有个抽象的概念，直到哪一天走进外币兑换处的内室，看到上百个保险箱并排放置在一起，分别摆放着乌拉圭比索、土库曼斯坦马纳特以及马拉维克瓦查等各国货币，才会真正体会到世界的庞杂缤纷。伦敦市的交易柜台虽可通过电子设备即时完成不同货币的交易作业，但亲手触摸一大叠的纸钞却可为人带来另一种立即感：活生生地感受到世人的多样化。这些纸钞上印着各种颜色与字体，

并且装饰着各式各样的图案，包括伟人、独裁者、开国元勋的肖像，以及香蕉树或小妖精的图画。许多钞票都因为频繁易手而脏皱不堪。这些钞票曾在也门用于购买骆驼，在秘鲁用于购买马鞍，在尼泊尔被年老的理发师放在皮夹里，或在摩尔多瓦被学童塞进枕头底下。看着一张巴布亚新几内亚的 50 基那钞票（背面是天堂鸟的图案，正面是总理迈克尔·索马雷的肖像），绝对想不到这张破旧的纸张究竟经过了哪些交易（从水果到鞋子，枪支到玩具），才辗转来到希思罗机场。

　　汇兑柜台对面是航站楼里最大的书店。尽管笔者本人对于书本的商业前景提出了充满防卫心态的预测（也许是因为他的作品在机场门市都买不到），这家书店的营业额却是不断蹿升。在这里

买书可以买 2 本送 1 本，买 4 本则可获赠 1 瓶汽水。"文学已死"
显然是过于夸大的说法。喜爱阅读的人士在约会网站上虽然只被
归入单一类别，史密斯书店所陈列的各式书籍却显示每个人看书
都各有不同的动机。不过，如果从书架上充斥着封面血腥的书本
加以判断，飞机旅客显然特别喜欢吓唬自己。飞行在远离于地面
的高空上，他们只想感受被人谋杀的恐慌，借此忘却内心较为庸
俗的恐惧，例如在萨尔茨堡举行的会议能否顺利，或是到安提瓜
与新伴侣首次上床能否表现良好。

　　我和一位叫马尼沙卡的经理聊了起来，他自从第五航站楼开
张以来就在这家门店工作。我就像个在机场里独自度过 1 周的孤
独男子，絮絮叨叨地解说着自己的需求。我说我想找一本以友善

语气写成的书，内容表达了读者长久以来一直感受到却从未能真正理解的情感；这种情感传达了社会宁可不予承认的日常事物。借由阅读这样的一本书，即可让人觉得不那么孤独而疏离。

马尼沙卡问我愿不愿意看杂志。架上陈列着各式各样的杂志，其中有几本的专题更是教导读者如何在 40 岁之后保持迷人外貌——当然，文章里的建议乃是基于一项前提假设，认定读者在 39 岁（也就是笔者现在的年纪）之前原本拥有迷人的外貌。

一旁的另一座书架摆着许多古典小说，排列方式颇富创意，不是按照作者或书名顺序，而是根据书中场景的所在国家。昆德拉的作品是布拉格的指南，雷蒙德·卡佛的作品能够揭露洛杉矶与圣菲之间许多小镇的潜在性格。王尔德曾说，在詹姆斯·惠斯勒开始作画之前，伦敦原本没那么多雾。所以我们也不禁纳闷，在卡佛开始写作之前，美国西部各个孤立城镇的寂静与哀伤是不是也没那么明显。

优秀的作家都会突显出经验中值得注意的方面。若不是经由他们的文笔论述，这些细节恐怕不免淹没在充斥于我们四周的感官信息里。通过作家的描写，我们才懂得注意与品尝身旁的这些经验。就这方面而言，文学作品可说是一种极度细腻的工具，可让即将从希思罗机场飞往世界各个角落的旅客获得提醒，别忘了留意科隆社会从众与腐败的特性（海因里希·伯尔）、意大利乡间低调的情色风味（伊塔洛·斯韦沃），以及东京地铁的忧郁（大江健三郎）。

## 3

连续几天走访这些商店之后，我才开始了解那些反对机场受到消费主义挟持的人士所厌恶的大概是什么。重点似乎在于购物与飞行之间某种互不相容的特性，关乎在死亡面前维持尊严的渴望。

尽管航空工程师在过去几十年来达成了许多成就，但从统计数据来看，和在家看电视相比之下，登机之前的这段时间仍可说是灾难的前奏曲。因此，我们也就不免必须面对这样的问题：我们该怎么度过人生最后的时刻？我们希望自己在什么样的心态下坠落于地面？我们是否愿意在免税商店购物袋的环绕下面对永生的世界？

　　主张机场里不该有那么多商店的人士，也许基本上就是在呼吁我们为自己的人生尽头预做准备。

　　在布林克美容院，我重新感受到了传统宗教要求人保持严肃的教诲确实不容忽视。《巴赫康塔塔[1]第 106 号》就传达了这样的态度：

Bestelle dein Haus,

Denn du wirst sterben,

Und nicht lebendig bleiben.

---

1　Cantata，音乐术语。指声乐和器乐相结合的大型套曲。17 世纪初始于意大利，后传至德国。逐渐发展成包括独唱、重唱、合唱的声乐套曲。多以世俗或《圣经》故事为题材。——译者

你当留遗命与你的家，

因为你必死，

不能活了。

飞行的仪式虽然表面上看来没有任何超越凡俗之处，但即便在世俗的年代，也仍然与存在的重大主题密不可分——而这些主题经常映照于世界上各个宗教的故事当中。这类故事我们都早已耳熟能详，包括基督复活后的升天、来自苍穹的声音，以及飘浮于空中的天使与圣人，所以我们绝不可能把飞行视为如同火车旅行那么平庸无奇。神圣、永恒与重要意义等概念，都会暗中陪伴着我们登上飞机。在机长广播着安全指示与气象状况的声音里，尤其是我们从高空望见的地表景观，都可以感受到这些概念盘旋萦绕于其中。

## 4

在一家香水店外，迎着空气中混杂了约 8 000 种不同香水的淡雅气味，我正好遇见两名神职人员。年纪较大的一位是尊敬的斯特迪牧师大人，他身上穿着一件荧光色外套，背后印着"机场牧师"的字样。年近 70 岁的他蓄着一大把典型教士模样的胡须，戴着一副金框眼镜。他说起话来缓慢而审慎，像个老学究一般，无法不注意到每一句话的细腻含意，而且习惯于生活在学术研究的环境当中，随时都可深入探究这些问题而不会有耽误别人或造成别人不便的顾虑。他的同僚名叫艾伯特·卡恩，同样穿着荧光色外套，可是他的外套是向机场员工借来的，所以背后的字样是"紧急服务"。他才 20 岁出头，还在达勒姆大学修读神学，同时也在希思罗机场实习。

"一般人通常会在什么情况下来找你？"我向斯特迪牧师问道，这时我们刚好经过一家服装店，属于赖斯这个让人难以捉摸的服饰品牌。我的问题带来了一段漫长的沉默，这时机场广播又再次响起，提醒旅客切勿让行李离开视线之外。

"他们来找我，通常是因为找不到路。"斯特迪牧师终于开口答道，而且特别加重了最后几个字的语气，似乎以此概括描述了

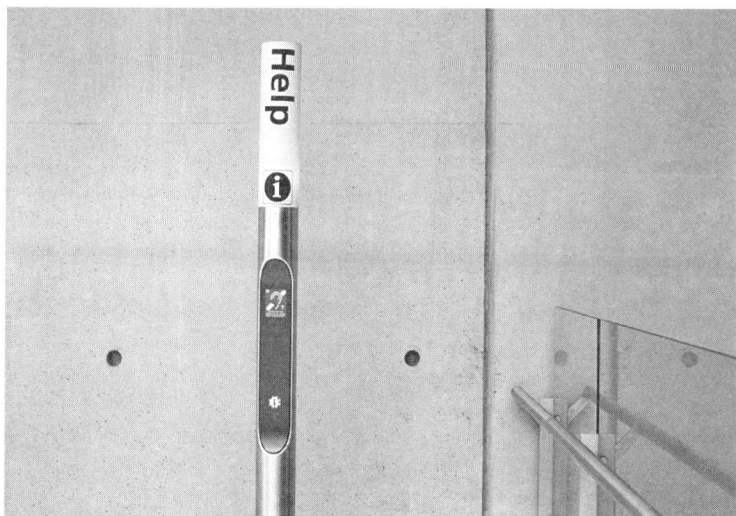

人类心灵失落的状态。圣奥古斯丁曾把人类这个不幸的族群描述为"世俗城市里的朝圣旅人，他们的旅程唯有在寻得上帝之城之后才能画上句号"。

"原来如此。他们通常是在哪方面找不到路？"

"噢，"斯特迪牧师叹了一口气说，"都是因为找不到厕所。"

一场形而上学的讨论如果就这么结束，未免令人惋惜。于是，我又请他们两人和我谈谈旅客应该以什么比较有收获的方式，让自己度过登机之前的最后这段时间。斯特迪牧师在这一点上的态度非常坚定：他说旅客在这段时间应该把心思完全集中在上帝身上。

"可是如果是不信上帝的人呢？"我继续问道。

斯特迪牧师没有回话，把头转向了一旁，仿佛对牧师提出这样的问题非常不礼貌。所幸，他的同僚在神学方面的态度比较开明，于是做出了一个同样简短但较具包容性的回答。往后几天里，每当我看着飞机缓慢滑向跑道，就不免想起他的这句回答："死亡的念头会把我们推向对我们而言最重要的事情，这种念头会赋予我们勇气，促使我们追求内心所重视的生活方式。"

## 5

一通过安检区，随即可看到一间套房，以曾经失事的协和超音速飞机为名，只供头等舱乘客使用。财富的优势有时并不容易看见：在当今这个时代，由于设计与大批量生产程序的精致化，不论是汽车、酒品、服饰还是餐点，高级品和平价品的品质落差通常都与价格的差距不成正比。不过，英国航空公司的协和贵宾室在这方面却是个异数，不仅远比机场内其他地区优美舒适得多，甚至我这辈子见过的其他地方都比不上这间贵宾室。

贵宾室里设有皮质扶手椅、壁炉、大理石浴室、水疗室、餐厅，并且配置了门房、指甲美容师、美发师各一名。一个服务生在休息室里来回穿梭，手上端着托盘，盛满了免费招待的鱼子酱、鹅肝酱和熏鲑鱼；另一个服务生则端着法式泡芙奶油条与草莓馅饼。

"这个世界上所有的辛苦和劳碌是为了什么呢？追求财富、

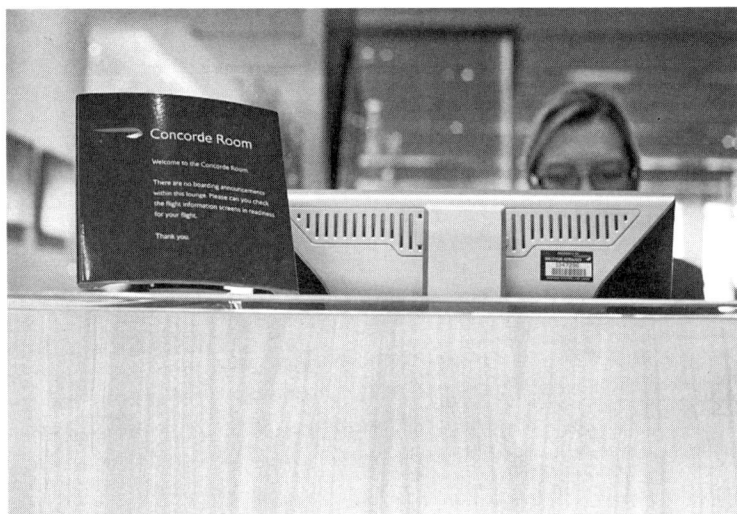

权力与优越地位的目的又是什么呢？"亚当·斯密在《道德情操论》(1759)里问道。接着，他又提出这项回答——"引人注目、被人关心、得到同情、自满自得和博得赞许"——协和贵宾室的设计者显然精确达成了这样的要求。

　　我在餐厅里坐了下来，不禁产生一股深切的感受，觉得人类为了达到这样的成就不论付出多少代价，无疑都是值得的。内燃机的发展、电话的发明、第二次世界大战、路透社金融屏幕显示的即时金融信息、猪湾事件[1]、细嘴白腰杓鹬的绝种——在这一切

---

　　1　the Bay of Pigs，即 1961 年 4 月美国雇佣军入侵古巴，后被古巴军民击退事件。——译者

事件的共同促成下，一群同样迷人但分属不同领域的人士才能在西方世界一个云雾缭绕的角落，安静地同处于飞机跑道旁一间装饰精美的房间里。

"文化的纪录，绝对没有不记载人类野蛮方面的。"文学评论家本杰明曾经写下这句名言，但这种感慨似乎已不再受到重视。

尽管如此，我还是意识到这间休息室背后的成就有多么脆弱。我察觉到这种美好的日子相对而言其实所剩不多。再过不久，安坐于扶手椅上的这一群人就不免告别人世，贵宾室的镀金天花板也将龟裂毁坏。公元 2 世纪的秋季周日傍晚，在罗马皇帝哈德良位于罗马郊外的别墅里，站在露台上望着血红的夕阳隐没于大理石柱廊后方，也许同样会让人产生这样的感觉。在那样的时空

074.

下，我们心中也许同样会浮现一股灾难的预感，察觉到莱茵河流域那片阴郁的松林里潜伏着躁动不安的日耳曼部落。

我对于自己在短时间内不会再有机会拜访协和贵宾室不禁感到哀伤。但我随即认识到，降低这种哀伤感受的最佳方法，就是对所有得以经常进出贵宾室的人士培养出一股彻底的厌憎。于是，我一面吃着一盘奶油鸡蛋卷搭配牛肝菌菇，一面想象着这间休息室其实是一群专制政客的藏匿处，他们靠着各种裙带关系和欺诈手段才获得了种种的特权。

只可惜，一旦仔细观察，我就不得不承认眼前的证据完全不合乎这项抚慰人心的假设，因为我身旁这些旅客一点都不像刻板观念中那种脑满肠肥的富翁。实际上，他们之所以引人注目，原

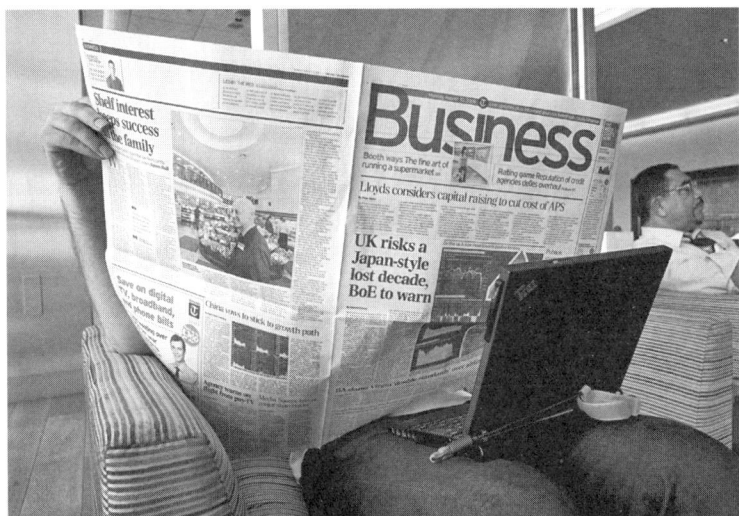

因就是他们显得极为平凡。他们绝不是继承了大片土地的纨绔子弟，而是和你我无异的一般人，只是懂得如何让微晶片或计算表顺着自己的意思操作而已。他们身穿简便的服装，读着马尔科姆·格拉德威尔的著作，这群精英的财富是靠着自己的才智与毅力而赚得的。他们也许任职于埃森哲公司，负责矫正供应链里的异常之处，或是在麻省理工学院构建收入比率模型；他们可能创立了自己的电信公司，或者在索尔克研究所从事高科技研究。我们的社会之所以富足，一大原因就是其中最富有的成员并不像一般人心目中认定的富翁那样游手好闲。单纯的劫掠绝不可能构建出这样的休息室（富有全球化、多元化、严谨与科技的色彩），顶多只能在封建而落后的环境中打造几座金碧辉煌的享乐宫殿。

尽管如此，在协和贵宾室里循环的稀薄空气里，还是飘荡着一股令人困扰的气息：亦即飞机座舱所划分的 3 个等级代表了一种社会的分级方式，根据个人本身的才华与美德把社会区分为 3 个层级。我们废止了过去的阶级制度，致力确保所有人都享有教育和机会的平等权利，但却可能也建立了一套精英制度，把真实正义的概念带入了财富与贫穷的分配当中。于是，在现代社会，贫困不但可怜，而且可能是咎由自取。个人如果拥有天赋或能力，为什么还是赚不到足够的财富得以进入雅致舒适的休息室？对于经济舱乘客而言，身处于机场内拥挤而杂乱的开放等候区，坐在硬邦邦的塑料椅子上，内心恐怕多多少少都不免盘旋着这样的疑问。

　　对于被排除在休息室外的众人，西方世界原本有一套强而有力而且富有宽容性的解释：两千年来，基督教向来排斥一项隐含于现代精英制度中的观念，亦即德行必然能够带来物质上的成功。耶稣是最崇高也最受神赐福的人，但他在俗世上终生贫穷。所以，从他这个榜样即可得知正直与财富之间并没有直接的关联。基督教的思维强调指出，不论我们的教育和商业结构在表面上看起来有多么平等，偶然的因素与意外仍然足以破坏财富与德行之间的正向关联。圣奥古斯丁指出，只有上帝知道每一个人的价值，而且神唯有到了最后审判日才会揭露他对每个人的评判，伴随着雷声轰响或是天使的号角声——这种说法在非信徒听来虽然只不过是虚幻的想象，但仍然有助于提醒我们不要单以退税金额就对别人轻易做出评判。

　　基督教的这种思维并未消失，也没有完全遭到遗忘。即便到了今天，这种思维仍然不断侵蚀着精英制度对特权的解释。我是在一场丰盛的午餐之后意识到这一点的。就在我吃完一片巧克力蛋糕搭配西番莲子冰糕之后，一个名叫雷吉的员工向我谈到她出生于菲律宾普林塞萨港郊区的贫民窟，经过了一段艰难困苦的历程，才得以来到协和贵宾室里装潢粗俗的员工室。我们偏好精英式的观念还是基督教信仰的思维，将决定我们如何判断面前这两个人的相对地位：一人是身穿运动服的 27 岁企业家，在仿石砌的壁炉旁读着《华尔街日报》，等待飞往西雅图的班机；另一人则是菲裔清洁工，负责巡查头等舱贵宾休息室的浴室，把淋浴间里来自世界各地的脏污和细菌擦拭干净。

6

　　在绝大多数的旅客眼中，航站楼只不过是他们前往目的地的途中不得不待上几小时的地方，但对另外许多人而言，航站楼却是他们的上班处所，其中含有1 000多个职务，分布于一般民众不得进入的楼层。这里的工作，无法让人获得看见自己的自我认同反映在劳动成果中的快感。这座航站楼耗费了20年的时间与50万的人力才建造完成，现在它终于投入运营了，却仍然充满繁重的工作，而且都必须由许多员工集体参与才能处理。单是采购一部新的电脑屏幕，或是变更一张长凳的位置，都必须经过层层关卡才能定下来，参与决定的人员涵盖了各式各样的职衔（运营资

源规划经理、安全训练与标准顾问、资深人力资源商业合伙人）。

　　尽管如此，有些较为隐晦的部门仍然能够让人察觉到促成飞机飞往世界各地所需的庞大人力与智慧。英国航空公司的顾客体验部门里，摆满了各种机上设备的原型，包括机舱座位、救生衣、呕吐袋、薄荷糖与小毛巾。一名档案保管员负责掌管一间库房，里面充斥着遭到摒弃的样本，绝大多数遭到摒弃的原因都是成本太高，但不是航空公司太小气，而是因为规模太大。由于椅子一次采购的数量就是 3 万张，所以单价一旦超出预算，就会造成难以承担的后果。参观这个部门，检视飞机内部的初期设计，就像翻阅一部著作的初稿一样有趣，可让人看到一篇用词优美而且主题明确的文章，当初刚下笔的时候其实也充满了犹疑和芜杂的思

绪——这个道理适用于各个领域，可以让我们对新事物的尝试更添信心。

参观过这些库房之后，我不禁对机场错置重点的做法摇头叹息。与其花费那么多心思娱乐旅客，机场实在应该多让他们了解自己的旅程是多少才智与劳力所促成的结果。

探究机上餐点的制作过程远比享用这些餐点来得令人愉快，但也让人深感困扰。距离航站楼 1 英里远，在佳美航空配餐这家瑞士公司的一座无窗冷藏工厂里，一群来自孟加拉与波罗的海的妇女正制作着 8 万份早餐、午餐与晚餐。这些餐点将于未来的 15 个小时内，在对流层上被吞入旅客的肚子里。大韩航空的班机将供应牛肉汤，日本航空供应照烧鲑鱼，法国航空供应鸡肉片搭配

水煮胡萝卜。待会儿将会分配于不同航空公司与不同目的地的餐点在这时仍然混杂于一处，就像航站楼的旅客一样。冷冻室里的一个托盘上摆着 1 000 份中东鹰嘴豆泥，旁边则是装满了 4 辆车的腌渍鲑鱼，前者将供应于阿联酋航空公司飞往迪拜的班机，后者则将由北欧航空公司的乘客享用于飞往斯德哥尔摩的班机上。

　　机上餐点是人造与自然、科技与有机高度糅合的产物。即便是最苍白的番茄（佳美航空配餐公司的番茄更是布满了一丝丝令人目眩神迷的青色纤维），也是自然的产品。认真想来，把水果与蔬菜带上天空享用，是多么怪异而可怕的行为。回想过去，我们总是谦卑地拜倒于大自然的脚下，举行丰收祭欢庆当年的小麦收成，并且献上牲礼，祈求大地继续赐予我们丰足的收获。

现在已不再需要这样的拜求了。生长于威尔士山边的小羊，小小年纪就遭到宰杀的命运，经过加工切割，成了现在由货车载运至工厂的 2 万份羊排。这些羊排撒上了面包屑，短短几个小时后就会成为旅客在尼日利亚上空享用的餐点——但没有人会知道这道菜肴乃是出自露塔这位 26 岁的立陶宛女工之手，也不会有人想到该对她心存感激。

## 7

英国航空公司在机场也设有机组人员的办公室。在第五航站楼的一间控制室里，从早到晚都不断有飞行员过来向管理人员询问蒙古的天气或是飞到里约热内卢之后应该添加多少燃料。我一抓到空当，随即向资深副机长迈克尔·诺考克自我介绍。他已有15年的飞行经验，对我露出了一抹嘲谑而纵容的微笑。专业人士面对比较热衷艺术的人，总是采取这种态度。在他面前，我觉得自己就像是个站在父亲面前的小孩，不确定父亲对自己是否疼爱。我理解到，我和飞行员交谈注定会是一次充满羞辱的经历，因为随着我的年纪越来越大，我也越来越明白自己绝不可能拥有飞行员那些令我深感仰慕的美德——坚定、勇敢、果决、理性、中肯——这辈子永远摆脱不了犹疑不决而且缺乏能力的个性，一旦被要求在浓雾中把一架波音777降落在纽芬兰，大概只会无助地啜泣。

　　诺考克到控制室是为了拿几张航线图。他即将驾驶巨型客机

前往印度，但想要再次确认伊朗北方边境的天气状况。他知道许多飞机乘客所不知道的事情。举例而言，一般人只会天真地以颜色和云状评判天空的状况，但诺考克知道天空其实布满了各有编号的航道、交叉点、汇流点以及信标讯号。这一天，他特别担忧的是 VAN115.2，在航空图上只是个橘色小点，实际上则是个高 2 米、宽 5 米的小木屋，位于土耳其东部一道峡谷顶端，邻接着一片农田。再过几小时，他将会在这里左转飞上 R659 航道，乘客则期待着他们的午餐，也就是现在正在佳美航空配餐公司的工厂里制作的意大利式卤汁面条。我看着他那双平稳而厚实的手，心里想着他距离童年已有多么遥远。

　　我知道，至少就理论上而言，诺考克不可能在各种情况下都充满权威。他一定也有暴躁、虚荣、愚蠢的时候，一定也会不经思索地对妻子说出残忍的话，或是忽略自己的孩子。日常生活是没有方向图的。不过，我同时却又不愿接受或是利用这项认知所带有的含义。我想要相信某些职业能够让我们摆脱一般人的弱点，并且站在这样的一个人身边，体验一下一般人无从经历的理想人生——就算只是短短的一刻也好。

## 8

　　我的雇主从一开始就提议我找个机会简短访问航站楼里最有权势的人：英国航空公司的首席执行官威利·沃尔什。这项提议显然很不容易实现，因为沃尔什正忙得焦头烂额。他的公司平均每天亏损 160 万英镑，这 3 个月来已经亏损了 1.48 亿英镑。他手下的飞行员和机组人员也打算发动罢工。研究显示，他公司的行李搬运工窃取行李财物的现象，比其他欧洲航空公司都还要严重。政府想要对他的燃料征税，环保运动人士也丝毫不放过他。他订购了新的波音 787 客机之后，却表示自己无法遵照约定时间预付款项，惹恼了波音公司高层。他企图与澳洲航空公司及西班牙伊比利亚航空公司合并，但进展都停滞不前。他取消了商务舱的免费餐后巧克力，结果引来英国媒体连续 3 天的狂批怒骂。

新闻业向来对访问深感着迷，因为这种概念蕴含了一种挖掘内幕的幻想：一个一般人接触不到的人物，握有管理世界的权力，

086.

却对一名记者袒露心声，呈现自己的内心世界。读者只须付出一份报纸的价钱，即可暂时忘却自己在人生中的地位，随着访问者踏入皇宫或是行政主管套房。守卫放下手上的武器，秘书招手示意访客进入。我们终于来到内部的殿堂了。等待的时候，我们趁机环顾四周，得知总统喜欢在办公桌上摆一碗薄荷糖，或是女明星最近正在阅读狄更斯的小说。

　　不过，分享秘密的诱人承诺极少能够如愿实现，因为重要人物与媒体人员过于亲近，几乎总是对自己无益。他们若想抒发心事，绝对有更好的人选。他们不需要新朋友。他们绝不会透露自己的复仇计划或是自己对职业前景的担忧。因此，名人接受访问总是尽可能少说话，但也不会忘记满足记者的自尊心，因为对方

若是发现自己这趟任务完全徒劳无功，就可能铤而走险。为了平抚记者对于亲近访问对象的需求，受访者可能会透露自己即将到佛罗里达度假，或是自己的女儿目前正在学打网球。

我显然没有任何重要的问题可以问沃尔什先生。对我而言，提起退休金、碳排放量、保险收益，或甚至是餐后巧克力的问题，根本毫无意义——对我们的访谈而言确实毫无意义，只是后来情势的发展却使得这项洞见显得颇为无礼。

于是，我们在一间会议室里共处了 40 分钟，时间安排于沃尔什先生两场会议之间的空当，那两场会议的对象分别是一名工会代表以及空中客车公司的代表团。我觉得自己仿佛闯入了罗斯福与丘吉尔在 1943 年 5 月的军事会谈。

088.

幸运的是，我已认定沃尔什先生虽然掌管了一家规模在世界上名列前茅的航空公司，我却不该只把他当成一个生意人看待。他公司的财务状况摇摇欲坠，实在不足以反映他本身的才能与兴趣，也不可能让我把他个人和他的资产负债表混为一谈。

整体而言，民航业从来不是一个有利润的产业。同样值得一提的是，图书出版业也是如此。因此，就这方面而言，这位首席执行官和我虽然表面上看起来天差地远，我们的行业实际上却是属于同一类，都必须向世人证明自己虽然没有丰厚的获利，却因为具有激励心灵的能力而对这个世界不可或缺。以赢亏表衡量一家航空公司，就像是以版税收入评判一名诗人一样不公平。股市永远无法为航空公司所带来的美妙体验定出恰当的价格：股价无法

描述从空中俯瞰新斯科舍省的壮丽景观，反映不出香港航空机票柜台人员之间的伙伴情谊，也无从量化飞机起飞时的那种兴奋感受。

我的观点在曾经担任飞行员的沃尔什先生身上找到了共鸣。在我们的谈话当中，他表达了自己对飞机的惊叹之心。一部如此庞大而复杂的机器，竟然能够不受体型的限制与大气的挑战而翱翔于高空中。我们提及彼此对于一架波音747停泊于登机口外的景象所感到的惊讶。在这么一具庞然大物旁，行李运送车和技师都显得渺小不已。然而，这样的一个巨无霸竟然能够移动，而且不只是滑动个几米，而是能够飞越喜马拉雅山。我们谈到搭乘飞机的乐趣，看着一架波音777客机朝纽约飞去，越过斯泰恩斯水库，收起襟翼与起落架。经过6个小时，在海洋和云朵的陪伴下

飞行 5 000 公里之后，这架飞机才会再次放下襟翼与起落架，而在长滩的白色木屋上空缓缓降落。我们对拥挤的飞机场同感欣喜。通过受到涡轮扇高温蒸腾的空气，充满好奇的旅客可以看见一长排的飞机等着展开旅程，五颜六色的垂直尾翼排列在灰色的地平线上，仿佛赛船大会的船帆。我心想，若是在不同的情况下，沃尔什总裁和我应该会是好朋友。

　　我们聊得非常愉快，沃尔什先生不但要求我以威利称呼他，还提议一同到楼下的大厅欣赏一架 A380 客机的模型。他向空中客车公司采购了 12 架这个型号的客机，将在 2012 年加入英国航空公司的机队。我们走到模型前方之后，威利以孩子般的雀跃模样邀请我和他一起踏上一条长凳，看看这架飞机的副翼在比例上

有多么大，机身又是多么宽广。

我们并肩而立，欣赏着他的模型飞机。我觉得自己和他已经极为友好，于是大胆说出了我自从获邀为希思罗机场写书之后就一直潜藏在心底的幻想。我问威利，如果他有多余的预算，哪天会不会考虑聘请我担任他的飞航作家，让我一面搭乘飞机环游世界，一面撰写各种文章，其中包括对我的赞助人写出真诚的献辞，针对从驾驶舱望见西澳沙漠的景观写出印象主义式的散文，并以各式小品文描写空中小姐在机上厨房里有如芭蕾般优雅的例行活动。

听完之后，首席执行官沉默了一会儿，原本的友善态度突然在他那双锐利的灰绿色眼睛里消失无踪。但他随即恢复了刚刚的热情。"当然，"他说，一面咧嘴而笑。"爱尔兰航空公司有一次遇到影音播放系统故障的问题，那时候我们邀请了两个爱尔兰表演者在一班飞往纽约的航班上唱歌。阿兰，我也可以想象你在机舱前方为我们的乘客唱一两首小调。"说完这句话之后，他表示很抱歉占用了我这么多的宝贵时间，然后随即唤来安全人员，请他护送我到公司总部的大门。

## 9

我进驻希思罗机场之后不久，夜间就成了我最喜欢在机场里流连的时间。到了8点，来自四面八方的短程欧洲航班差不多已告一段落。航站楼里的旅客越来越少，鱼子酱屋只剩下最后几份鲟鱼卵，清洁人员也开始彻底擦洗地板。由于现在正值夏季，所以太阳还要 40 分钟才会下山，这时航站楼里的座位区里呈现出一道充满怀旧气氛的温和光芒。

在这个时刻还待在航站楼里的旅客，绝大多数都是为了搭乘每晚飞往东方的班机，在伦敦西北部居民毫不知情的情况下飞越他们头顶，前往新加坡、首尔、香港、上海、东京、曼谷。

候机区的气氛充满了落寞。奇怪的是，这股气氛却因为弥漫于所有人身上而显得颇为怡人，不像孤身待在充满欢乐气息的环境中那么令人不自在，于是反倒比拥挤热闹的都市酒吧更让人觉得有可能结识新朋友。夜里的机场成了游牧一族的家，这一类人无法单单守着一个国家，不愿接受传统的羁束，也对定居的社群

机场里的小旅行

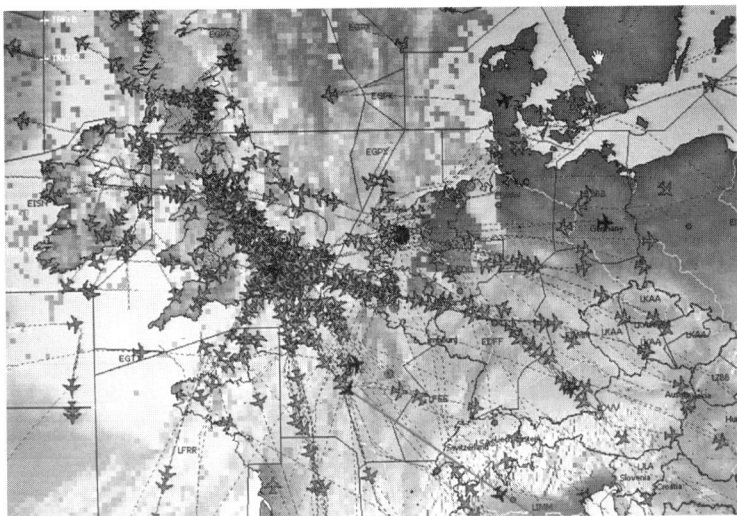

心怀疑虑，所以能让他们感到最自在的地方，就是现代世界里的中介区，环绕在煤油贮藏罐、商业园区和机场旅馆之间。

由于夜幕的降临通常会让人一心想要回家，所以这些夜间的旅人也就显得特别勇敢，竟敢把自己托付给漆黑的夜晚，搭乘着仅靠仪器指示航行的飞机，直到飞越阿塞拜疆或卡拉哈里沙漠上空的时候才沉沉睡去。

在航站楼旁的一间控制室里，一面巨大的世界地图即时显示着英国航空公司机队每一架飞机的所在位置，由一连串的卫星随时追踪。180架飞机飞行于全球各地，总共承载了10万名左右的乘客。十几架班机正飞越北大西洋，5架从百慕大西侧的一道飓风旁绕道而过，一架正飞在巴布亚新几内亚上空。这面地图象征

　　了一种动人的关怀监控。每一架飞机不论距离自家的机场多远，不论看起来多么独立能干，实际上却总是在伦敦控制室这些监管人员的掌握中。这些监管人员就像放不下孩子的父母，只有看到每一架飞机安全降落之后才会感到安心。

　　每晚都有几架飞机会从登机口前被拖往庞大的停机坪里，看着繁复交错的走道将自己圆润的身躯包围起来，像是一道道的手铐。虽然飞机通常都颇为腼腆，不愿承认自己需要到停机坪里接受保养——即便它们从洛杉矶或香港飞回希思罗机场后，已达到了 900 小时的飞行时数上限，也极少会表现出自己的疲惫——但这样的定期检查却是个让它们表现个性的机会。在旅客眼中看起来和其他波音 747 毫无两样的一架客机，却可在检查中发现它其

实具有独特的名字和病症。举例而言，G-BNLH 在 1990 年开始
服役，至今曾在大西洋上空发生过 3 次漏油，在旧金山发生过一
次爆胎，上周也刚在开普敦发生机翼部分脱落的情形。不过，脱
落的显然不是什么重要部位。现在，这架飞机有许多问题必须进
厂维修，其中包括 12 张座椅故障、一片壁板沾上了紫色指甲油，
还有后厨房一台顽固的微波炉——每当有人使用旁边的水槽，微

波炉就会自行启动。

　　30 名技师将彻夜维修这架飞机，他们深知这架飞机虽然在大部分的情况下都非常宽容，但即便只是一个小小的阀门故障，也可能引起一连串的连锁反应，导致坠毁的后果。就像一个人也可能因为一句无心之言而毁掉自己的事业，或是因为一个只有 1 毫米宽的血块堵塞而丧失性命。

　　我走上一条沿着机身中间部位围绕了整架飞机的走道，细细观察飞机的外表，并且把手贴在机鼻上。几个小时前，这个机鼻才刚穿越了一团又一团静止不动的积云。

　　看着飞机尖细的尾巴，以及机翼下方四具 RB211 引擎的猛烈推力在机身后方留下的痕迹，我不禁纳闷，人类的诞生过程如果比较平静细腻，例如由男性坐着孵育女性遗留在枝叶隐蔽处的蛋，没有摩擦也没有哀嚎，不晓得科学家与工程师对于飞机的构造与起飞的方式会不会做出不一样的设计？

## 10

　　根据政府规定，每晚 11 点 15 分左右，机场即不得再有任何飞机起飞或降落。整座机场突然间静了下来。100 年前，这里还只有广阔的草地和苹果园，当时想必就是这么安静。我和一个名叫泰瑞的工作人员见面，他的工作是在凌晨时分检查跑道上是否有任何金属碎片。我们开车到南跑道末端。对飞行员而言，这条

跑道称为 27 L，泰瑞称之为欧洲最昂贵的一片土地。每天日间，
在这片面积只有几平方米，表面布满了黑色胎痕的柏油碎石地面
上，每隔 40 秒就有一架来自世界其他角落的飞机首度和不列颠群
岛接触。这条跑道所在的坐标，是所有飞机航行至英格兰南方所
预期的目的地：即便在最浓重的雾里，飞机上的自动降落系统也
能够接收到此处发射的下滑航道电波。这道电波会指引入境班机
降落于一片夹在两排平行白色灯光之间的地面，并且把轮胎对准
这片地面的正中央。

　　但在现在这个时刻，这条害得周遭 1 000 万居民不得安宁的
跑道却是一片寂静。我可以悠悠哉哉地走在跑道上，甚至一时兴
起而盘腿坐在跑道中线。这种行为可带给人一种美妙至极的刺激

感，就像伸手触摸断落的高压电线，用手指滑过一头被麻醉了的鲨鱼的牙齿，或是在垮台独裁者的大理石浴室里洗澡。

一只田鼠从草地里窜出，跑上了跑道，却被吉普车的车灯吓得僵立不动。这只田鼠就是童书里常见的那一种。在儿童故事里，老鼠总是聪明而善良的动物，住在小屋里，窗户上有着红白相间的格状窗帘。相比较而言，人类则是粗野不已，高大笨重，毫无自知之明。这只田鼠在这天晚上出现于这条月光下的柏油跑道上，似乎是个乐观的象征，显示人类一旦不再飞行——或者进一步延伸，在人类消失于世界上之后——地球仍有能力吸纳我们的愚蠢行为，为比较简单的生物赋予生存的空间。

## 11

　　泰瑞开车把我送回了旅馆。我因为太兴奋而睡不着，于是到一家通常由误点班机的机组人员与乘客光顾的 24 小时酒吧喝点东西。

　　我点了一杯以龙舌兰酒为基底的鸡尾酒，杯子大得吓人，名称叫作"后燃器"。我一面啜饮着，一面和一名年轻女子攀谈起来。她说她正在华沙大学写博士论文：研究对象是波兰诗人暨小说家齐格蒙特·克拉辛斯基，重点放在他的名作《阿加伊汉》（1834）以及其中探讨的悲剧性主题。她认为波兰浪漫主义作家亚当·米茨凯维奇在 20 世纪的名气太大，以致克拉辛斯基备遭忽

# 100.

略，所以她从事这项研究的动机，就是希望让她的同胞重新认识被刻意抹灭的一项波兰传统。我问她为什么人在机场，她说她到这里是为了和一名来自迪拜的朋友见面，可是因为飞机误点，可能要到早上过后才会抵达。她的朋友是个黎巴嫩裔的工程师，过去一年半以来每个月都会来伦敦一次，到玛丽勒本的一家私人医院接受喉癌治疗。他每次到伦敦，就会邀请她和他一起到索菲特饭店顶楼的尊荣套房共度良宵。她坦承自己已和一家中介公司签约，那家公司的总部设在海斯镇。接着，她提及一段题外话，但和我们的谈话内容也不是完全无关。她说，克拉辛斯基与曾经深受肖邦爱慕的德尔菲娜·波托茨卡伯爵夫人也有过一段 3 年的情事。

　　我在凌晨 3 点回到自己的房间，深深觉得人类是个奇特而且极易动情的物种，融合了野兽与天使于一身。黎明时分即将降落于希思罗机场的第一班飞机，这时正在俄罗斯西部上空。

# 四　入境大厅

# 1

过去，我们抵达一个地点之前总是有许多时间可以预做心理准备，心绪可随着地理景观的逐步变化而转换：沙漠转为灌木丛、莽原转为草地。船只入港之后，接着卸载骆驼，入住一间窗外可望见海关大楼的房间，到汽船上交涉摆渡事宜。飞鱼掠过船体边，

104.

船员打着牌，空气中满是凉爽的气息。

现在，一个旅客可能星期二在尼日利亚的阿布贾，星期三就到了希思罗机场新航站楼的卫星站入口。昨天中午还在阿布贾的伍瑟区伴着西非杜鹃鸟的啼声享用油炸大蕉，今天早上8点已在一家科斯达咖啡分店旁的下机口看着机长关闭波音777客机的双引擎。

尽管身体疲惫不堪，感官却是活跃不已，不断接收着周遭的一切——明亮的灯光、四面八方的标志、光亮的地板、深浅不同的肤色、金属般的声响、五颜六色的广告——所有感官经验都极为鲜明，仿佛吃了药，又像新生儿，或有如托尔斯泰一样。突然间，家乡仿佛是个完全陌生的地点，一切的细节都因为对比于个人刚见识过的他乡景观而显得新奇无比。和奥布杜山丘上的黎明相比较，眼前这道晨光显得多么奇特；和大阿特拉斯山上的风声比较起来，回荡在机场里的广播声响显得多么怪异；在卢萨卡街道市场的嘈杂声响仍然萦绕于耳际的情况下，两名女性地勤人员相互交谈所使用的英语听起来竟是那么陌生（她们自己一定体会不到这种感觉）。

这种清澈无比的感受让人迷恋，让人不禁想要一再以异国的种种——例如突尼斯或海德拉巴的景象——对比于家乡的一切，让人永远不想忘却身旁的一切其实一点都不寻常。威斯巴登与洛阳的街道各不相同，我们的家乡只是缤纷多元的世界的其中一员而已。

## 2

在航空发展的短暂历史上，能够满足旅客期待的机场建筑并不多，尤其"抵达"这项行为的重要性更是难以充分表达。过去，前往圣城的旅人一旦穿越了酷热的谢费拉平原与盗匪充斥的犹大山丘之后，总是能够获得耶路撒冷以宏伟的雅法门[1]郑重欢迎。尽管现代少有机场懂得学习这个榜样，第五航站楼却勇于一试。

在希思罗其他比较老旧的航站楼里，第一件映入眼帘的事物

---

1 Jaffa Gate，耶路撒冷 8 座城门之一。——译者

# 106.

大概就是地毯，融杂了青、黄、褐、橙等颜色，到处遗留着呕吐物以及让人联想起酒吧或医院的残迹碎屑。相对而言，第五航站楼里触目所及都是利落美观的合成瓷砖；走廊光线明亮，侧边安装着一片片玻璃，灰绿色的色调具有沉淀心灵的效果；厕所里设置了各种卫生用具，隔墙板与人同高，一扇扇门皆采用实心板材制成。

　　第五航站楼的建筑呈现了英国的新形象。这个国家将接纳科技，不再沉浸于自己的过往，也将充满民主、宽容、明智、活泼的特质，不再耽溺于怨气或嘲讽当中。当然，这只是一种简化的说法：只要到第五航站楼西北方20公里处，即可发现那里的许多洁净小屋与破败庄园，丝毫看不到航站楼墙壁与天花板所象征的新思维。

尽管如此，就像杰弗里·巴瓦在科伦坡设计的国会大厦或是约恩·乌特松在悉尼设计的歌剧院，理查德·罗杰斯设计的第五航站楼也是一座充满野心的建筑。这种建筑拥有创造认同的特权，而不只是单纯反映现状。这座航站楼希望利用旅客身处于这个空间里的 1 个小时左右，也就是护照接受盖章以及领取行李的时间，向他们传达英国将来有一天可能成为的理想状态，而不是当前常见的模样。

### 3

下了飞机之后，步行一小段路，入境旅客就会进入一座致力于淡化其权威色彩的大厅。这里看不到栅栏、枪支，或是安装着防弹玻璃的柜台，只有在大花板上挂看一块点了灯光的招牌，还有在地板上以花岗岩铺出一条线。在这里，政府的权力极为稳固，所以才有足够的自信保持低调，让出生于本国的人民不必感受到这种权力的存在。每天，清洁人员会到这里清理 3 次，游走于那条界线两侧，一边是国境之外的飞机起降地，另一边则正式属于英国境内。不论是英国的居民或访客，都可在跨过这条界线之后享受到商品丰富的药店、温和友善的蚊子、慷慨大方的图书馆借阅政策、污水处理厂与行人穿越道。

不过，护照一刷之下，只要电脑屏幕上显示出不合格的信

108.

息，这一切心照不宣的承诺就可能随即破灭。海关人员会召唤警
卫前来，把这名不幸的旅客从入境大厅带到两层楼底下的一排房
间。其中一间是儿童游戏室，这个房间内的陈设尤其令人不禁心
伤：室内有一列玩具火车，还有乐高积木堆叠而成的城市景观，
以及一盒卡朗达什笔。而且，每个拘留于此的孩童都可以把一盒
点心和塑料制成的动物带回家。因此，在若干来自厄立特里亚或
索马里的儿童心目中，英国将永远是他们记忆里惊鸿一瞥的国家，
充满了香脆美味的零食点心和柳橙汁——一个极为富庶的国家，
竟然能够免费送人数字式闹钟，而且那里的警卫还知道怎么组装
玩具火车的木头轨道。儿童游戏室隔壁，在一间仅有简单桌椅的
房间里，他们的父母则会见识到这个国家的另一方面，在警方的

全程录音下对着一名面无表情的移民官员说明自己为何企图闯关入境。

# 4

有史以来，行李提取处向来就不是一个令人开心的地方，但第五航站楼倒是极力扭转这种印象。

这座行李提取大厅的天花板相当高，水泥墙平整无瑕，还有充足的推车可供旅客使用。此外，行李的送达速度也非常快。输送带的制造商是荷兰的范德兰德工业公司，原本从邮购与快递行业起家，现在已是全球行李物流界的领导厂商。长达 17 公里的输

110.

送带在航站楼底部不断运转，每小时可输送 12 000 件行李。140
部电脑负责扫描标签，确认每一件行李的目的地，同时也检查行
李内部是否装有爆炸物。这些机器对待行李的细心程度少有人能
及：行李等待转机的时候，机器会轻柔地把它们带到一间宿舍
里，把它们放在黄色的床垫上，任由它们懒洋洋地等待登机的时
间——就像它们身在楼上休息室里的主人一样。等到旅客从行李
提取大厅的输送带上提起旅行箱的时候，许多行李都已经历了远
较其主人精彩得多的旅程。

　　尽管如此，和自己的行李重逢，不免带给人一股无可化解的
忧郁情绪。旅客在空中毫无羁绊地飞行了几个小时，因为俯瞰着
海岸与森林的美丽景观而对未来充满希望，但一站在行李输送带

前面，就不禁又想起了人生中的物质方面与各种压力负担。行李提取大厅与飞机代表了某些基本的二元性——物质与心灵、沉重与轻盈、肉体与灵魂——其中负面的一端全都属于那一件件几乎没什么不同的黑色新秀丽旅行箱，在范德兰德公司设计精巧的输送带上不断滑行而过。

　　在行李输送带周围，一部部推车紧紧靠在一起，就像拥挤车阵中的车辆一样，丝毫不肯让出一分一毫的空间。尽管每一件行李箱的内容物都反映了引人入胜的个人特色——这一件也许装着青色比基尼和一本还没看过的《文明及其不满》，那一件也许装着从芝加哥一家旅馆偷来的浴袍和一盒罗氏药厂出品的抗忧郁药物——但每个人在这里都绝对没有时间想到别人。

112.

# 5

　　然而，行李提取大厅只是前奏曲，机场真正的情感高潮还在后头。任何人，不论多么孤独寂寞，不论对人类多么悲观，不论多么看重金钱，终究都不免盼望自己重视的人会在入境大厅迎接自己。

　　就算你心爱的人已经表明自己当天必须忙于工作，就算对方说他不喜欢你出远门，就算对方已在去年6月和你分手，或是早在12年半以前就已去世，你还是不禁觉得他们可能会来接机，就只为了给你个惊喜，让你觉得自己与众不同（每个人小时候一定都有过这样的经历，否则我们绝对活不到现在）。

　　因此，我们走向接机区的时候，实在很难决定自己该摆出什么样的表情。我们如果就此抛弃自己平时走在陌生环境里的那种严肃又充满戒备的神情，未免太过莽撞，但至少应该让脸部保有露出微笑的可能性。我们也许会因此呈现出乐观又暧昧的表情，就像员工听着老板讲笑话，等待着笑点出现的那种模样。

　　所以，我们一旦在穿越入境走道的12秒里扫视了两旁的群众，结果发现自己在这个世界上的确是孤独一人，唯一的去处只有希思罗机场快线列车售票机前的购票队伍，这时我们必须具备多么强烈的自尊，才能够不显露出一点点的迟疑。就在我们身旁两米处，一个衣着轻便，也许以担任救生员为业的年轻男子，刚刚在一阵欢呼声中与一名真诚而体贴的年轻女子相遇，两人现在

正深情拥吻，这时我们必须多么成熟，才能够不在乎眼前的这幕景象。此外，我们又必须多么务实，才能够不盼望暂时摆脱这个令人厌倦的自己，而成为刚从洛杉矶飞回英国的加文——他在斐济与澳洲度了1年假之后，现在他热情的父母、兴奋的阿姨、雀跃的妹妹和两名女性朋友全聚集在入境大厅，拿着气球迎接他，待会儿就将带着他一同返回伯明翰南部市郊的家里。

　　在入境大厅里，有些人获得的热烈迎接足以让国王嫉妒，甚至连当初威尼斯为了迎接从东方丝绸之路归来的探险家而举办的庆祝活动都比不上。一个个没有崇高地位或突出特征的人，在22小时的飞行期间只是毫不显眼地坐在紧急逃生口旁的座位上，这时却抛开了羞怯的模样，成为各种旗帜标语和自家烘焙的巧克力

# 114.

饼干的欢迎对象。在这些人身后，大企业的总裁则准备搭上冷冰冰的豪华轿车，前往高级饭店装饰着大理石与兰花的大厅。

　　由于离婚现象在现代社会极为普遍，于是机场里也就随时都可见到父母与孩子团聚的场景。在这种时刻，再也没有必要假装理智或冷静：这时就该紧紧拥住一双脆弱而圆润的肩膀，呜呜咽咽地啜泣起来。我们在职场上也许随时都必须表现出坚强刚硬的模样，但人类终究仍是极度脆弱而且容易受伤的动物。我们对身周的千百万人虽然大多视而不见，但其中总是有少数几人掌握着我们的快乐。我们只要嗅到这些人的气味就可以认出他们是谁，没有了他们甚至活不下去。有些男了在入境大厅里面无表情地来回踱步。他们期待这一刻已有半年之久，一旦见到一个和自己有

着同样灰绿色眼珠、脸颊和母亲一样红润的小男孩，牵着机场服务人员的手从不锈钢门后面走出，就再也抑制不住自己的情感。

　　在这种时刻，感觉就像是自己逃过了死神的追杀——不过，同时涌现的另一种感受又会使得这个时刻更令人哀伤，也就是觉得自己不可能永远都能这么骗过死神。也许这正是一种面对死亡的练习。多年后的某一天，长大成人的孩子将会在例行出差之前向父亲道别，然后短暂的寿命就会突然结束。这个孩子将在墨尔本一间位于20楼的旅馆房间内接到一通午夜的电话，得知自己的爸爸在地球的另一端突然发病，医生已经无能为力。自此之后，对于这个长大成人的孩子而言，入境大厅里的人群中将永远少了一个他熟悉的脸庞。

116.

6

　　不是所有的接机过程都那么感人。机上的一个旅客也许来自上海，抵达机场之后便与马尔科姆和迈克一同开车前往伯恩茅斯，打算利用暑假期间上英语课程：在码头边一幢房子里旅居两个月，接受一名家教的指导，学习"ought"的发音，并且企图精通商务英语——这种能力将有助于他们日后进入珠江三角洲的半导体或纺织业里工作。

　　另一侧，穆罕默德则是等待着来自旧金山的克里斯的班机。穆罕默德出生于巴基斯坦拉合尔，现在住在伦敦近侧的绍索尔；克里斯则来自俄勒冈州波特兰市，现在住在硅谷——不过，这两

人并不会知道彼此的这些人生细节。在这个没有人居住的地方，一个人竟能轻易和另一个人一同默默乘坐在一辆黑色梅赛德斯S级轿车里，实在是相当奇特的现象。对于司机和乘客而言，只要对方不是杀人犯或小偷，这趟旅程就算是顺利成功。在一个半小时的车程里，只有偶尔响起的导航语音会打破车里的静默。最后，梅赛德斯轿车终于抵达金丝雀码头一幢以玻璃饰面的办公大楼。克里斯在这里下车，准备参加一场研讨金融信息储存议题的会议；穆罕默德则是把车开回航站楼，准备展开另一趟旅程。这一次的目的地是肯特郡，搭乘的对象是来自成田机场的K先生，和克里斯一样神秘寡言。

118.

7

　　许多比较普通的团聚景象令人不禁纳闷其中的兴奋之情要怎么持续下去。玛雅等待这一刻已经等了 12 个小时。自从她的班机飞越了爱尔兰海岸，她就一直觉得坐立难安。飞机下降至 9 000 米的高度之时，她已开始期待詹弗兰科的碰触。不过，等到他们终于见面，紧紧拥抱了 8 分钟之后，这对情侣已别无选择：他们该出机场去开车了。

　　人生中有一种说来古怪但终究颇为恰当的现象。在我们满怀激动地与心爱的人重逢之际，人生却总是要为我们的情感关系投下一大障碍：也就是必须缴付停车费，并且在立体停车场内找寻

出口。

话说回来，我们在毫不留情的荧光灯底下努力维持文明有礼的表现，也许会因此想起我们当初踏上旅途的原因：借此让自己能够抵御世俗生活经常造成的庸俗而愤怒的情绪。

停车场的粗暴环境——水泥地上布满胎痕与油渍、停车位旁到处可见被人遗弃的推车、天花板回荡着关门声与汽车加速的声响——正激励着我们坚定决心，避免再次落入我们最糟的一面。我们也许会这么祈求我们的度假地点："请赐给我更多的宽容，减少我的恐惧，让我永远保有好奇心。请在我和我的困扰之间设置一道屏障，把我的耻辱驱逐到大西洋的另一边。"旅行社与其只单纯询问我们想去哪里，还不如问我们希望怎么改变自己的人生。

120.

　　认为旅程能给我们带来一些预示，是宗教朝圣的一项关键要素，认为外在世界的旅行能够促成并强化内在的变化。基督教神学家对于朝圣之旅所带有的危险、艰苦以及花费丝毫不觉苦恼，他们认为这些表面上看似不利的元素其实是一种机制，能够让旅程背后的宗教意图更为鲜明。阿尔卑斯山上大雪覆盖的山隘、意大利外海的风暴、马耳他的盗匪、奥斯曼帝国的腐败守卫——这些考验都有助于确保这趟旅程不会轻易遭到遗忘。

　　不论航空旅行的普及与便利有哪些效益，我们仍可能咒骂这种旅行方式颠覆了我们企图通过旅程而深切改变人生的做法。

## 8

　　该是开始收拾行李，准备离开的时候了。在通往索菲特饭店的走道上，我被一名机场员工拦了下来。他正在针对初抵希思罗机场的旅客进行意见调查，要求受访者表达自己对第五航站楼的印象，包括标示、照明、饮食乃至证件查验的过程。意见表上把满意程度划分为 0 到 5，调查结果将纳入希思罗机场总干事下令办理的内部稽核活动。面对这份异常冗长的意见调查表，我心中不禁浮现一项疑问：市场调查人员虽可接触到深富影响力的当权人士，却极少要求我们省思人生中真正令人深感困扰的议题。按照 0 到 5 的满意程度回答，我们对自己的婚姻有多么满意？对自己的事业觉得如何？是否能够平心接受自己终将告别人世的事实？

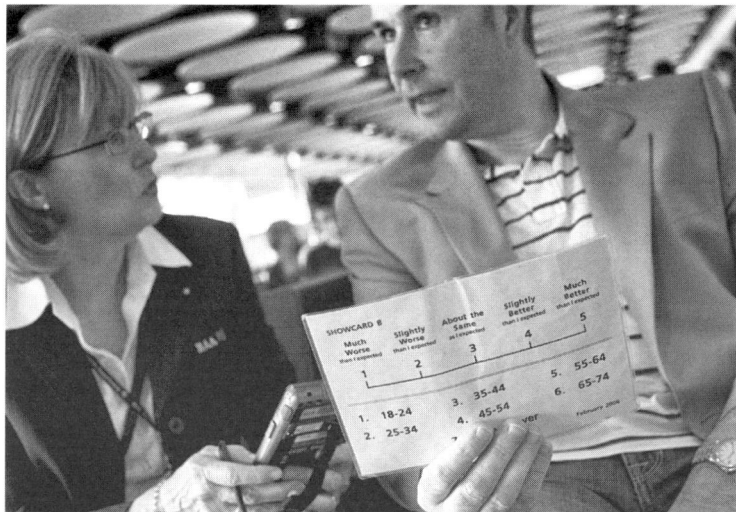

　　我在饭店休息室里点了最后一份免费招待的总会三明治。今
天飞越头顶的飞机特别嘈杂——中东航空公司一架飞往贝鲁特的
空中客车起飞之时，服务生甚至大喊了一声"拜托！老大帮帮我
们吧！"而把休息室里仅有的两名用餐客人吓了一跳，其中一人
是我，另一人则是来自孟加拉的生意人，正准备前往加拿大。

　　我只怕自己不会再有理由离家远行。作家要把视野拉到家庭
生活以外的事物是非常困难的事情。我梦想着自己是不是有可能
以作家身份进驻现代生活的其他重要机构——银行、核电站、政
府机关、老人之家——而且撰写的作品能够一方面报道世界的现
状，同时又能保有不负责任的评论，以及充满主观与微带乖僻的
特质。

122.

9

在入境大厅里，每一位旅客的旅程都即将告一段落；但在他们头顶上，出境大厅里的旅客才正即将踏上新的旅途。来自孟买的 BA138 号班机已转变身份，成为飞往芝加哥的 BA295 号班机。机组人员四散返家：机长开车返回汉普郡，事务长搭火车回布里斯托尔，负责上层客舱的乘务员已换下了制服（也因此卸去了原本的耀眼光芒，就像没有穿上军服的军人一样），即将返回位于里丁的公寓。

旅客在不久之后就会忘却自己的旅程。他们将回到办公室，而必须以短短几句话概括一座大陆。他们将再次与配偶及孩子争

吵。他们将望着英国的景色而毫无所感。他们将遗忘自己在伯罗奔尼撒看到的蝉，以及同时涌现的希望。

但不久之后，他们就会再次对杜布罗夫尼克与布拉格产生好奇，并且重新感受到海滩与中世纪街道的魅力。明年，他们又会想到该去哪里租一栋别墅度假。

不论是什么，我们都不免忘记：读过的书、日本的庙宇、卢克索的陵墓、航空公司柜台前排队的队伍、我们自己的愚蠢。于是，我们又会逐渐把快乐寄托于家乡以外的异地：一间窗外能够眺望港口景观的旅馆房间，一座号称埋有西西里殉道者阿加塔遗骸的山顶教堂，一栋四周围绕着棕榈树的小屋，附有免费招待的自助晚餐。不久之后，我们又会再次想要收拾行李，想要盼望，想要尖叫。再过不久，我们就又必须重新学习机场带给我们的重要教训。

# 致　谢

由衷感谢以下机构和个人：

感谢 Mischief 公司的丹·格洛弗（最早有去机场写作这个创意的人）、夏洛特·胡特莱和赛·迪勒里斯通。感谢英国机场管理局的科林·马修斯，卡特·乔丹，克莱尔·洛韦莱迪和沟通团队，迈克·布朗和运营团队。感谢与希思罗机场相关的索菲特连锁饭店、英国航空公司、佳美航空配餐公司、英国边境管理局和海外通信业务处。感谢 Profile 出版社的丹尼尔·克鲁、鲁丝·基利克和保罗·福尔廷；感谢负责文字编辑和校对工作的莱斯莉·莱文、多萝西·斯特雷特和菲奥娜·斯克；感谢拍出极佳照片的理查德·贝克；感谢设计环节的约安娜·尼迈耶尔和戴维·皮尔孙。飞行知识方面的帮助来自卡罗琳·道内和尼可·阿拉吉。对夏洛特、塞缪尔和索尔又一个毁掉了的八月表示抱歉。我在文中改换过一些人名，以免泄露他们的身份。

Alain de Botton
**A Week at the Airport: A Heathrow Diary**
Profile, 2009
Copyright © 2009 by Alain de Botton
Photographs © 2009 by Richard Baker
Simplified Chinese Translation Copyright © 2021 by Shanghai Translation
Publishing House
All Rights Reserved
作者个人网站：www.alaindebotton.com

图字：09－2010－415号


图书在版编目（CIP）数据

机场里的小旅行 /（英）阿兰·德波顿
（Alain de Botton）著；（英）理查德·贝克摄；陈信
宏译. — 上海：上海译文出版社，2021.6
（阿兰·德波顿作品集）
书名原文：A Week at the Airport: A Heathrow
Diary
ISBN 978-7-5327-8762-3

Ⅰ.①机… Ⅱ.①阿… ②理… ③陈… Ⅲ.①散文—
作品集—英国—现代 Ⅳ.①I561.65

中国版本图书馆CIP数据核字（2021）第083473号


机场里的小旅行
［英］阿兰·德波顿 著 ［英］理查德·贝克 摄 陈信宏 译
责任编辑 / 裘雅琴 封面设计 / 观止堂＿未氓 内文版式 / 高 嘉

上海译文出版社有限公司出版、发行
网址：www.yiwen.com.cn
200001 上海福建中路 193 号
浙江新华数码印务有限公司印刷

开本 890×1240 1/32 印张 4.5 插页 5 字数 42,000
2021 年 6 月第 1 版 2021 年 6 月第 1 次印刷
印数：0,001—8,000 册

ISBN 978-7-5327-8762-3/I·5408
定价：58.00 元

本书中文简体字专有出版权归本社独家所有，非经本社同意不得转载、摘编或复制
如有质量问题，请与承印厂质量科联系。T：0571-85155604